MADONA CON ABRIGO DE PIEL

Sobre el autor

Sabahattin Ali (1907-1948), nacido en una región del Imperio otomano que hoy pertenece a Bulgaria, fue uno de los pioneros de la literatura turca moderna. Educado en Turquía y Alemania, escribió poesía, novelas y relatos. Hombre de letras, gran erudito y socialista convencido, fue propietario y editor de un popular semanario de sátira política en los años cuarenta. Encarcelado dos veces por sus críticas al gobierno de Kemal Atatürk, sus libros fueron prohibidos después de su muerte hasta 1965. Sabahattin Ali murió en circunstancias nunca aclaradas, mientras intentaba cruzar la frontera búlgara, escapando de su país natal, donde no podía ganarse la vida ni siquiera como profesor. Se acusó de su muerte al contrabandista que había guiado a Ali en su huida, aunque se sospecha que lo mataron los agentes de la policía secreta del Estado tras interrogarlo.

SABAHATTIN ALI

MADONA CON ABRIGO DE PIEL

Traducción del turco de
Rafael Carpintero Ortega

Papel certificado por el Forest Stewardship Council®

MIXTO
Papel procedente de
fuentes responsables
FSC® C117695

Penguin
Random House
Grupo Editorial

Título original: *Kürk Mantolu Madonna*
Primera edición en este formato: mayo de 2022

© 1943, Sabahattin Ali
The said work is protected by the International Copyright Convention
© 2018, 2022, Penguin Random House Grupo Editorial, S.A.U.
Travessera de Gràcia, 47-49. 08021 Barcelona
© 2018, Rafael Carpintero Ortega, por la traducción
Este libro ha sido publicado con el apoyo del
Ministerio de Cultura y Turismo de Turquía, dentro del programa TEDA
Diseño de la cubierta: Penguin Random House Grupo Editorial
basado en el diseño original de Aschehoug
Imagen de la cubierta: © Getty Images

Printed in Spain – Impreso en España

ISBN: 978-84-18173-92-9
Depósito legal: B-5.445-2022

Impreso en Rodesa
Villatuerta (Navarra)

SB 7 3 9 2 9

MADONA CON ABRIGO DE PIEL

De entre todas las personas que he conocido a lo largo de los años, nadie me ha causado una impresión tan fuerte. Pasan los meses y esa sensación sigue presente en mi vida. Cuando estoy a solas se me aparece la cara de Raif Efendi, con su expresión ingenua y esa mirada ausente que se esforzaba por sonreír cada vez que coincidía con otra mirada. Es cierto, no tenía nada de especial ni de extraordinario; en el fondo era un tipo de lo más corriente, uno de tantos con los que nos cruzamos todos los días sin siquiera mirarlos, porque nada en ellos nos despierta la curiosidad sobre ningún aspecto conocido o desconocido de su existencia. Cuando vemos a personas así, casi siempre nos preguntamos: ¿Para qué viven en realidad? ¿Qué sentido tiene su existencia? ¿Qué lógica, qué razón los empuja a respirar, a andar sobre esta tierra? Sin embargo, nos lo cuestionamos porque sólo nos fijamos en el exterior; no se nos ocurre pensar que ellos también tienen una cabeza y dentro de ella un cerebro condenado a funcionar, les guste o no, y por tanto, inevitablemente, su propio mundo interior. Y como dichos mundos no se manifiestan superficialmente, si en lugar de dar por hecho que estas personas carecen de vida espiritual sintiéramos curiosidad por esos universos inexplorados, es decir, un mínimo de interés por nuestros semejantes, quizá nos llevaríamos una grata sorpresa y descubriríamos una riqueza impresionante. No obstante, el ser humano, por alguna razón extraña, prefiere explorar sólo cuando intuye que va a encontrar algo. Siempre habrá un héroe dispuesto a adentrarse en una gruta donde vive un dragón, pero ¿quién tiene el valor de bajar a un pozo sin saber qué hay en el fondo? En mi caso, conocer a Raif Efendi fue pura casualidad.

Después de perder mi modesto empleo en el banco —todavía no sé por qué me despidieron, me dijeron que era por motivos económicos, pero una semana después ya habían puesto a otro en mi lugar— estuve bastante tiempo buscando trabajo por Ankara. Los cuatro ahorros que tenía me habían permitido hacer frente a los meses de verano sin demasiadas estrecheces, pero se acercaba el invierno y todo parecía indicar que pronto tendría que dejar de dormir en el sofá de algún que otro amigo. No me quedaba dinero ni para renovar el crédito de la tarjeta del pequeño restaurante donde comía cada día y que me caducaría en una semana. Estaba harto de presentarme a entrevistas sabiendo de antemano que no serviría para nada. A espaldas de mis amigos, me ofrecía como dependiente por las tiendas y cada vez que recibía una negativa, presa de la angustia, erraba por las calles hasta la medianoche. No podía olvidar lo desesperado de mi situación ni siquiera cuando algún amigo me invitaba a cenar. Y lo más curioso es que a medida que se agravaba, hasta el punto de que un día no pude seguir cubriendo mis necesidades básicas, también aumentaban mi timidez y mi vergüenza. Cuando me cruzaba por la calle con personas a las que había recurrido para encontrar trabajo, que además me habían ayudado como buenamente habían podido, bajaba la cabeza y seguía andando a toda prisa. Mi actitud había cambiado incluso con aquellos amigos a los que antes pedía abiertamente que me invitaran a comer o dinero prestado sin ruborizarme; ahora, cuando me preguntaban cómo me iban las cosas, les respondía con una sonrisa desmañada: «No me va mal, voy haciendo trabajos temporales aquí y allá», y salía corriendo. Cuanto más los necesitaba, más me alejaba de ellos.

Una tarde salí a pasear tranquilamente por el camino solitario que va de la estación al Palacio de Exposiciones; andaba y aspiraba el aire delicioso del otoño en Ankara con la esperanza de que me infundiera optimismo y me levantara el ánimo. El sol crepuscular que se reflejaba en las ventanas de la Casa del Pueblo y horadaba el edificio de mármol blanco con cuadrados de color sangre; el halo que envolvía las acacias y los pinos, y que no había forma de saber si era vapor o polvo; los obreros harapientos que caminaban encorvados y en silencio al acabar la jornada; las huellas de neumáticos en el asfalto... Todos parecían satisfechos con su existencia; aceptaban el mundo tal como era, y me invitaban a hacer lo mismo. Y eso es lo que pensaba hacer de ahora en adelante. Justo en ese momento pasó a mi lado un coche a toda velocidad. Volví la cabeza para mirarlo y me pareció reconocer el rostro que había detrás del cristal. En efecto, unos pasos más allá, el coche se paró y se abrió la portezuela: Hamdi, un compañero del colegio asomó la cabeza y me llamó.

Me acerqué.

—¿Adónde vas? —me preguntó.

—A ningún sitio, estaba paseando.

—Ven, vamos a casa.

Sin esperar a que le respondiera, me hizo subir. Según me explicó por el camino, venía de inspeccionar varias fábricas de la empresa para la que trabajaba.

—Como he enviado un telegrama a casa para avisar de mi llegada, seguro que mi mujer tiene algo preparado. Si no, ¡no me habría atrevido a invitarte! —dijo.

Me reí.

Hamdi era un buen amigo, pero no nos habíamos visto desde que me habían despedido del banco. Era subdirector en una empresa maderera y además se dedicaba a vender maquinaria a comisión; sabía que se ganaba bien la vida. Por eso no había acudido a él cuando perdí mi empleo, porque me echaba para atrás la idea de que pudiera pensar que iba a verlo para pedirle dinero en lugar de para que me ayudara a encontrar trabajo.

—¿Sigues en el banco? —me preguntó.

—No, me he ido.

Se sorprendió.

—¿Y adónde has ido?

—Estoy en el paro —le respondí de mala gana.

Me miró de arriba abajo, como examinando mi ropa, y no debió de arrepentirse de haberme invitado a su casa porque me dio una palmada en el hombro con una sonrisa amistosa y dijo:

—No te preocupes, esta noche lo hablaremos y encontraremos una solución.

Parecía satisfecho de su vida y seguro de sí mismo. Incluso podía darse el lujo de ayudar a sus amigos. Lo envidié.

Vivía en una casa pequeña y agradable. Su mujer era bastante fea pero simpática. Se besaron delante de mí sin el menor reparo. Hamdi me dejó a solas con ella y fue a refrescarse. Como no me había presentado a su esposa, me quedé plantado en medio del recibidor sin saber qué hacer. Ella estaba de pie junto a la puerta y me observaba de reojo. Estuvo pensando un rato. Posiblemente se le pasó por la cabeza decirme que pasara y me sentara, pero luego debió de considerarlo innecesario y se marchó sin decir una palabra.

Me preguntaba por qué Hamdi, que siempre era tan cuidadoso y prestaba una atención exagerada a los detalles —de hecho, a eso se debía parte de su éxito en la vida—, me había dejado plantado así. Es una costumbre arraigada entre los hombres que han alcanzado cierta posición tratar deliberadamente con desconsideración a los amigos de antaño, sobre todo a los que tienen una situación económica más modesta. Y luego, sin previo aviso y haciendo gala de su benevolencia protectora, tutearlos de forma amistosa, aunque antes los hayan tratado de usted, e interrumpirlos mientras hablan para preguntarles nimiedades con una sonrisa de amable condescendencia, como si fuera lo más natural del mundo... Me había encontrado con todo eso tan a menudo en los últimos días que ni siquiera se me ocurrió enfadarme con Hamdi ni sentirme ofendido. Simplemente pensé en marcharme de allí a la francesa y acabar con aquella situación embarazosa. Pero entonces entró una anciana que parecía una mujer de campo, con un delantal blanco, la cabeza cubierta y calcetines negros remendados, y me sirvió un café. Me senté en uno de los sillones azules con florecitas bordadas y miré a mi alrededor. En las paredes había fotografías de la familia y de artistas, y en un rincón, sobre una estantería, unas cuantas novelas baratas y varias revistas de moda que, sin duda, pertenecían a la señora de la casa. Había más revistas apiladas, y visiblemente manoseadas por las visitas, debajo de una mesita de fumar. Como no sabía qué hacer, cogí una, pero no me dio tiempo a abrirla porque Hamdi apareció en la puerta. Con una mano se atusaba el pelo mojado y con la otra se abrochaba los botones de la camisa blanca de cuello abierto.

—Bueno, cuéntame, ¿cómo estás? —me preguntó.

—Pues nada, ya te lo he dicho.

Parecía contento de haberse encontrado conmigo. O a lo mejor se alegraba de tener un testigo de su éxito, o mejor dicho, viendo mi situación, de no estar como yo. Es curioso, cuando las personas que nos han acompañado en algún momento de la vida sufren una desgracia, nos sentimos aliviados, como si nos hubiéramos librado nosotros del desastre, y fingimos interés y compasión por esos desgraciados, casi dándoles las gracias por haber atraído sobre ellos el infortunio que podría haber caído sobre nosotros. Hamdi parecía estar movido por dichos sentimientos cuando me preguntó:

—¿Sigues escribiendo?

—De vez en cuando... Poemas, cuentos...

—¿Y sacas algo de eso, por lo menos?

Me eché a reír. Entonces me dijo: «¡Déjate estar de libros, hombre!», y me aleccionó sobre las bondades de la vida práctica y lo perjudicial de dedicarse a cosas vanas como la literatura una vez dejado el pupitre de la escuela. Me hablaba como si ni se le pasara por la cabeza que yo pudiera replicarle o estar en desacuerdo con él, como si le estuviera dando consejos a un niño pequeño, y con la seguridad del que se siente avalado por sus triunfos en la vida. Yo lo observaba con los ojos llenos de admiración y una sonrisa absurda que alentaba más si cabía su arrogancia.

—Mañana por la mañana pásate por la oficina. Ya veremos, algo se nos ocurrirá. Eres un muchacho listo, me consta; no es que fueras muy trabajador, pero eso no tiene importancia. La vida y la necesidad son buenas maestras... No lo olvides... Ven a verme a primera hora.

Escuchándolo hablar así cualquiera diría que había olvidado que él mismo era uno de los estudiantes más gandules de la escuela. Aunque probablemente hablaba con tanta desvergüenza porque sabía que yo no estaba en condiciones de echárselo en cara en ese momento.

Cuando hizo ademán de levantarse, me puse en pie de inmediato y, tendiéndole la mano, le dije:

—Si me disculpas...

—Pero ¿cómo, hombre? Todavía es pronto... En fin, tú sabrás.

Ya no recordaba que me había invitado a cenar. Me vino a la cabeza en ese instante. Pero a él también parecía habérsele olvidado por completo. Fui hasta la puerta y al coger el sombrero dije:

—Saludos a tu señora.

—Sí, sí. ¡Tú pásate mañana! No te preocupes por nada —dijo, dándome unas palmaditas en la espalda.

Cuando salí, había oscurecido bastante y las farolas estaban encendidas. Inspiré profundamente. El aire, aunque un poco polvoriento, me resultó extraordinariamente limpio y refrescante. Eché a andar sin prisa.

Al día siguiente me presenté en la oficina de Hamdi poco antes de mediodía, a pesar de que la noche anterior me había ido de su casa sin la menor intención de hacerlo. De hecho, él tampoco me había prometido nada. Me había despedido con las mismas frases hechas que todos los benefactores a los que había pedido ayuda: «Veremos, ya se nos ocurrirá algo, algo haremos.» Sin embargo, fui. No tenía grandes esperanzas, pero por alguna razón sentía la necesidad de verme humillado. Me decía a mí mismo: «Anoche le escuchaste sin rechistar y soportaste su actitud paternal, así que vamos a llegar hasta el final, ¡te lo mereces!»

El conserje me llevó a un cuarto pequeño y me hizo esperar. Cuando entré en el despacho de Hamdi, noté cómo se dibujaba en mi cara la misma sonrisa absurda de la noche anterior y me enfadé conmigo mismo todavía más.

Hamdi estaba ocupado con el montón de papeles que tenía desplegado delante de él y con el montón de empleados que no dejaba de entrar y salir. Me señaló una silla con un gesto de la cabeza y continuó con su trabajo. Fui hasta la silla; no me había atrevido a interrumpirlo para darle la mano. Ahora sí que estaba abrumado de verdad, como si él fuera mi jefe o mi benefactor, y lo digo totalmente en serio, me sentía miserable y merecedor de semejante trato. En poco menos de doce horas, desde que me había hecho subir en su coche la tarde anterior, mi relación con este compañero de colegio había cambiado por completo. ¡Qué ridículas son las razones que rigen las relaciones humanas! ¡Qué superficiales, qué absurdas y, sobre todo, qué poco tienen que ver con la verdadera humanidad!

Ni Hamdi ni yo habíamos cambiado desde la tarde anterior; seguíamos siendo los mismos, pero las cosas que él había descubierto de mí y yo de él, ciertos detalles nimios, nos habían llevado en direcciones distintas. Y lo más curioso era que ambos aceptábamos el cambio sin rechistar y nos parecía natural. Mi cólera no iba dirigida a Hamdi, ni tampoco a mí, simplemente estaba furioso de estar allí.

—¡Te he encontrado trabajo! —dijo mi amigo levantando la cabeza en un momento en que el despacho se quedó desierto. Luego, clavándome aquella mirada resuelta y arrogante, añadió—: O sea, me he inventado un puesto. Nada demasiado duro. Serás el enlace con los bancos, especialmente con el de nuestro grupo... Es decir, serás la persona encargada de las relaciones entre la empresa y los bancos. Cuando no tengas nada que hacer, te sientas allí dentro y te ocupas de tus cosas. Escribe toda la poesía que quieras. He hablado con el director y vamos a redactar el contrato... Por ahora no podremos pagarte mucho: cuarenta o cincuenta liras... Pero, por supuesto, te aumentaremos el sueldo más adelante. Así que ¡felicidades, espero que te vaya muy bien!

Me tendió la mano sin levantarse de la silla. Me acerqué y le di las gracias. En su cara relucía una satisfacción sincera por haberme ayudado. Me dije que en el fondo no era mala persona, que simplemente hacía lo que le exigía el cargo y que quizá incluso fuera necesario. Pero al salir me detuve un instante en el pasillo; estuve dudando entre encaminarme al despacho que me había indicado o largarme de allí. Luego di unos pasos, lentamente, con la cabeza gacha, y le pregunté al primer empleado que me encontré por el despacho de Raif Efendi, el traductor. Me señaló en una dirección de manera un tanto confusa y siguió andando. Me detuve de nuevo. ¿Qué me impedía dejarlo todo y largarme? ¿No era capaz de renunciar a un sueldo de cuarenta liras? ¿O acaso me frenaba no hacerle un feo a Hamdi? ¡No! Eran todos esos meses sin empleo, el no tener algo que hacer si salía de allí, no saber adónde ir a buscar trabajo... Había caído en las garras de la desesperación. Eso era lo que me retenía en ese pasillo en penumbra a la espera del siguiente oficinista que pasara.

Finalmente entreabrí una puerta al azar y vi a Raif Efendi. No lo conocía de antes, pero supe de inmediato que aquel hombre inclinado sobre su mesa era él. Más tarde me pregunté qué me había llevado a semejante conclusión. Hamdi me había dicho: «He hecho instalar una mesa para ti en el despacho de nuestro traductor de alemán, Raif Efendi; es un hombre silencioso, un pobre bendito, incapaz de hacerle daño a una mosca.» Y, encima, en esa época en que todo el mundo usaba nuevos tratamientos como «Bay» y «Bayan», a él seguían llamándolo «Efendi». Ese hombre de pelo canoso, gafas de carey y mal afeitado que tenía delante se parecía bastante a la imagen que me había creado a partir de la descripción de Hamdi, así que entré sin llamar, y cuando levantó la cabeza y me miró distraídamente, le pregunté:

—Usted es Raif Efendi, ¿verdad?

Me miró de arriba abajo con mucha atención. Luego contestó en voz baja y con timidez:

—Sí, soy yo. Y usted debe de ser el compañero que viene a este despacho. Le han preparado la mesa hace un momento. Pase, bienvenido.

Una vez en mi escritorio, me di cuenta de que la superficie estaba llena de rayadas y manchas pálidas de tinta. Como suele pasar cuando uno se sienta frente a un desconocido, quería forjarme una primera impresión de mi compañero de despacho —por supuesto, errónea— y le lanzaba miradas furtivas con la intención de estudiarlo. Sin embargo, él no parecía sentir la más mínima curiosidad y, con la cabeza inclinada de nuevo, se ocupaba de lo suyo como si yo no estuviera allí.

Seguimos así hasta mediodía. A esas alturas yo ya lo observaba detenidamente con todo el descaro. Su pelo, muy corto, clareaba por la coronilla. De sus orejas nacían gran cantidad de arrugas que le llegaban hasta el cuello. Con sus dedos largos y finos pasaba las hojas que tenía en la mesa y parecía traducir con fluidez. De vez en cuando levantaba la vista, como si buscara la palabra más adecuada, y cuando nuestras miradas se encontraban, hacía un gesto parecido a una sonrisa. Aunque de perfil y desde arriba parecía bastante mayor, su cara, especialmente cuando sonreía, irradiaba una inocencia infantil que cautivaba. El bigote, rubio y recortado, acentuaba esa expresión.

Al mediodía, cuando me disponía a salir a comer, él seguía sin moverse de su sitio. Vi que abría uno de los cajones de su mesa y sacaba un pan envuelto en papel y una fiambrera pequeña. Le deseé buen provecho y me fui del despacho.

Aunque estábamos sentados frente a frente en la misma habitación, durante el día prácticamente no hablábamos, así que conocí a bastantes compañeros de otros departamentos, e incluso salía con ellos por las tardes para jugar a tablas reales en un café. Según me contaron, Raif Efendi era uno de los empleados más antiguos de la casa. Antes de que se fundara la empresa, ya era el traductor del banco con el que trabajábamos y nadie podía recordar desde cuándo ocupaba su puesto actual. Se decía que tenía una familia bastante numerosa y que a duras penas podía mantenerla con el sueldo que ganaba. Cuando pregunté por qué una empresa que a veces gastaba el dinero a manos llenas no le subía el sueldo después de tantos años de experiencia, los empleados más jóvenes se echaban a reír: «Porque es un vago. ¡Y ni siquiera está claro si realmente sabe alemán!» Más adelante, sin embargo, pude comprobar que lo dominaba y que sus traducciones eran precisas y elegantes. Traducía con fluidez cartas sobre la calidad de la madera de fresno o abeto que iba a llegar por el puerto de Susak, en Yugoslavia, o sobre las piezas de recambio y el funcionamiento de las máquinas de perforación de traviesas, y el director de nuestra empresa tramitaba sin vacilar los pliegos de condiciones y contratos que él había traducido del turco al alemán. En sus ratos libres, abría el cajón de la mesa y leía absorto un libro sin siquiera sacarlo de allí. Un día le pregunté:

—¿Qué es, Raif Bey?

Se sonrojó como si lo hubiera pillado en falta.

—Nada... Una novela en alemán —tartamudeó, y cerró rápidamente el cajón.

A pesar de todo esto, nadie en la empresa se creía que dominara una lengua extranjera. Quizá tuvieran parte de razón porque no parecía un políglota, ni por su aspecto ni por su actitud. Nadie lo había escuchado articular jamás una palabra en otro idioma, ni hacer una alusión a que supiera otra lengua, ni tampoco se lo había visto con periódicos o revistas extranjeros en la mano o en los bolsillos. En suma, no tenía nada que ver con esos tipos que gritan a los cuatro vientos: «¡Sé hablar otro idioma!» Y el hecho de que no pidiera un aumento de sueldo o que no buscara otro trabajo mejor pagado, reforzaba la opinión que tenían sobre él.

Por las mañanas llegaba justo a la hora de entrar, al mediodía comía en el despacho y por las tardes, después de hacer algunas compras, se iba enseguida a su casa. Aunque se lo propuse en varias ocasiones, nunca quiso tomarse un café conmigo. «Me esperan en casa», decía. Pensé que era un feliz padre de familia y que tenía prisa por ver a su mujer y a sus hijos. Más adelante me di cuenta de que no era así en absoluto, pero de eso ya hablaré cuando llegue el momento. A pesar de su puntualidad y dedicación, en la oficina lo maltrataban. Mi amigo Hamdi, en cuanto encontraba el menor error tipográfico en las traducciones de Raif Efendi, llamaba al pobre hombre y le echaba un rapapolvo, y a veces incluso venía a nuestro despacho para reprenderlo. No es difícil de entender por qué mi amigo, siempre tan comedido con sus empleados, vapuleaba de esa manera a Raif Efendi: porque sabía que él no se atrevería jamás a replicarle, al contrario que aquellos jóvenes a su cargo, que en su mayoría habían llegado hasta allí por puro nepotismo. Si una traducción se retrasaba unas horas, Hamdi le gritaba rojo como un tomate para que todo el edificio lo oyera. ¿Existe algo más placentero y embriagador que ejercer el poder y la autoridad sobre un semejante? Tanto más cuando la oportunidad no se presenta con demasiada frecuencia, porque debe calcularse bien y sólo puede emplearse con determinadas personas.

Cada cierto tiempo, Raif Efendi enfermaba y se ausentaba de la oficina. En general, eran resfriados sin importancia. No obstante, una pleuresía que decía haber padecido hacía años lo había hecho muy precavido. Al menor síntoma de constipado, se encerraba en casa y cuando por fin salía a la calle, lo hacía con varias capas de ropa interior de lana. En la oficina no permitía que se abrieran las ventanas, y por las tardes no se marchaba sin haberse envuelto hasta las orejas con la bufanda y sin levantarse bien el cuello de su abrigo, que aunque era grueso, estaba bastante raído. Pero no descuidaba su trabajo mientras se encontraba enfermo. Si había escritos por traducir, se le enviaban a casa con un mensajero, que los recogía unas horas más tarde. A pesar de eso, en la actitud que tanto el director como Hamdi tenían hacia Raif Efendi siempre había algo que parecía querer decir: «¡Ya ves, siempre enfermo y quejándote y no te despedimos!» De todos modos, tampoco se callaban y se lo echaban en cara cada dos por tres. Cuando el pobrecillo volvía al trabajo, después de una de sus cortas ausencias, lo recibían con bienvenidas sarcásticas del tipo: «¡Hombre, dichosos los ojos! ¿Ya te has recuperado?»

Entretanto, yo también estaba empezando a cansarme de Raif Efendi. No me quedaba mucho tiempo mano sobre mano en mi despacho y, maletín en ristre, visitaba todos los bancos y oficinas estatales que nos hacían pedidos, y eran contadas las ocasiones en que me sentaba a mi escritorio para redactar informes y dar el parte al director o al subdirector. Había llegado a la conclusión de que el hombre sentado frente a mí, tan inmóvil que uno dudaba de que estuviera vivo, siempre absorto en sus traducciones o leyendo la «novela en alemán» del cajón, era básicamente un ser simple y aburrido. Creía que nadie podía reprimir hasta ese punto la necesidad de expresar las inquietudes de su alma y que la vida interior de una persona tan silenciosa e indiferente a todo no debía de ser muy distinta a la de una planta. Siguiendo una rutina incomprensible para mí, como si fuera un autómata, Raif Efendi llegaba a la oficina, se ocupaba de sus tareas, leía sus libros y por la tarde se volvía a su casa, después de haber hecho la compra. Probablemente, la única cosa que rompía la monotonía de sus días, e incluso de sus años, completamente idénticos, fueran los períodos en que estaba enfermo. Por lo que contaban los compañeros, siempre había vivido así. Hasta ahora nadie había visto que manifestara alguna emoción. Se enfrentaba a las acusaciones más infundadas e injustas de sus jefes con la misma mirada tranquila e inexpresiva, y siempre que recogía y entregaba sus traducciones para mecanografiar lo hacía pidiendo por favor y dando las gracias con la misma sonrisa insulsa.

Un día, Hamdi se presentó en nuestro despacho para reclamarle una traducción que se había retrasado, aunque la culpa era de las mecanógrafas, que ignoraban al pobre hombre.

—¿Voy a tener que esperar mucho más? Le he dicho que tenía un asunto urgente y debía irme. ¡Y usted todavía no me ha traducido esa carta de la empresa húngara! —le gritó en un tono de voz bastante agresivo.

El otro se levantó a toda velocidad de la silla.

—¡Ya la he terminado! Por alguna razón, las señoras no la han pasado a máquina. ¡Tenían otras cosas que hacer!

—¿No le había dicho que esto era más urgente que cualquier otro asunto?

—Sí, señor, y yo se lo he dicho a ellas.

Hamdi gritó todavía más:

—¡En lugar de contestarme, haga lo que se le ha encargado!

Y se fue dando un portazo.

Raif Efendi salió tras él a suplicar de nuevo a las mecanógrafas.

Durante toda aquella escena absurda, Hamdi ni siquiera me había lanzado una mirada de reojo. Estaba pensando en eso cuando el traductor de alemán volvió a entrar, se sentó en su sitio y agachó la cabeza. Su rostro expresaba aquella tranquilidad imperturbable que despertaba tanta admiración como desespero. Cogió un lápiz y empezó a garabatear en un papel. No escribía, dibujaba unas líneas, pero no eran los movimientos nerviosos de alguien furioso que está pensando en otra cosa. Incluso me pareció ver que en la comisura de sus labios, justo por debajo del bigote rubio, se esbozaba una sonrisa de satisfacción. Raif Efendi movía lentamente la mano sobre el papel, se detenía cada dos por tres y, entornando los ojos, miraba lo que tenía delante. Aquella sonrisa casi imperceptible me daba a entender que estaba contento con lo que veía. Por fin dejó el lápiz a un lado y contempló un buen rato el papel que había emborronado. Yo no podía dejar de mirarlo y, para mi sorpresa, se hizo visible una expresión nueva en su cara: parecía que alguien le diera pena. Sentía tanta curiosidad que no pude estarme quieto en la silla. Justo cuando iba a levantarme lo hizo él, y se fue de nuevo a la sala de las mecanógrafas. Me puse en pie de un salto, llegué hasta su mesa de una zancada y cogí la hoja en la que Raif Efendi había estado dibujando. Lo que vi me dejó de piedra.

En aquel papelito no más grande que la palma de mi mano, vi a Hamdi. Ahí estaba, en todo su esplendor, dibujado en cinco o seis líneas simples pero magistrales. En realidad, no sé si alguien más aparte de mí le habría encontrado el parecido, y de hecho, si se analizaba cada trazo, quizá no se pareciera en nada, pero para alguien que había visto cómo gritaba en medio del despacho hacía unos instantes, no había lugar a dudas. Aquella boca abierta en forma de rectángulo, su ferocidad animal y esa vulgaridad indescriptible; esos ojos que parecían hundirse en la impotencia, a pesar de que pretendían taladrar con la mirada; aquella nariz cuyas aletas se extendían de manera hiperbólica hasta las mejillas dándole una expresión aún más fiera a la cara... Sí, era la viva imagen del Hamdi que había estado allí hacía unos minutos, o más bien, la imagen de su alma. Pero no era aquélla la razón de mi asombro: desde que había entrado a trabajar en la empresa, o sea, desde hacía unos meses, yo no había dejado de formular juicios contradictorios sobre Hamdi. A veces intentaba justificarlo y otras muchas lo despreciaba. Mezclaba su verdadera personalidad con la que le imponía el cargo que ocupaba, luego pretendía diferenciarlas y me metía en un callejón sin salida. Y con cuatro trazos, Raif Efendi había puesto ante mis ojos el Hamdi que llevaba buscando desde hacía tanto tiempo. A pesar de su gesto primitivo y fiero, tenía un aspecto que daba lástima. Nunca se había expresado de forma tan clara la conjunción de la crueldad con lo patético. Era como si viera de verdad, por primera vez, al que era amigo mío desde hacía diez años.

Al mismo tiempo, el dibujo me descubrió quién era Raif Efendi. Ahora entendía mejor su tranquilidad inquebrantable y su timidez característica al relacionarse con los demás. ¿Cómo iba a alterarse o enfadarse alguien que conocía tan bien a quienes lo rodeaban, capaz de leer como un libro abierto el corazón de las personas? Un hombre así sólo podía permanecer sólido como una roca ante el espectáculo de la bajeza humana. Todo nuestro sufrimiento, nuestra frustración y rabia, nuestras emociones, son reacciones frente a lo inesperado, a los aspectos más insólitos de las situaciones a las que nos enfrentamos. ¿Cómo va a alterarse alguien a quien nada sorprende y que sabe exactamente qué esperar de los demás?

Raif Efendi había despertado de nuevo mi curiosidad. Sin embargo, a pesar de esta nueva imagen que me había dado de sí mismo, en mi mente persistían algunas contradicciones. La seguridad en el trazo del esbozo delataba que no había salido de manos de un aficionado. Quienquiera que lo hubiera hecho debía de llevar años dibujando. Ahí no sólo había una mirada penetrante, sino también un don para capturar todos los detalles.

Se abrió la puerta. Intenté dejar a toda prisa el papel en la mesa, pero no tuve tiempo. Raif Efendi se acercaba con la traducción de la carta de la empresa húngara en la mano. Como disculpándome, balbuceé:

—Un dibujo muy bonito...

Pensé que se sobresaltaría y que le preocuparía que lo delatara. En absoluto. Cogió de mis manos el papel con la misma sonrisa ausente de siempre.

—Durante un tiempo, hace muchos años, me entretuve con la pintura —dijo—. De vez en cuando garabateo algo, es la costumbre. Ya ve, cosas sin sentido. Por aburrimiento.

Arrugó la hoja y la tiró a la papelera.

—Las mecanógrafas la han pasado a toda prisa —dijo a media voz—. Probablemente tenga erratas, pero si la repaso, lo único que conseguiré es que Hamdi Bey se enfade todavía más. Y tendría razón... Así que voy a llevársela...

Salió del despacho. Lo seguí con la mirada. Me quedé murmurando: «Tendría razón, tendría razón.»

A partir de entonces empecé a sentir un gran interés por todo lo relacionado con Raif Efendi, incluso por sus gestos más insignificantes. Aprovechaba cualquier ocasión para hablar con él y conocer algo de su verdadero carácter. Él aparentaba no notar ese derroche de cordialidad y su actitud conmigo era la de siempre; amable pero manteniendo las distancias. Aunque desde fuera nuestra relación parecía avanzar, su corazón seguía cerrado para mí. Mi curiosidad por él aumentó aún más cuando pude ver de cerca a su familia y su posición dentro de ella. Cada paso que daba para acercarme a él me enfrentaba a nuevos enigmas.

Fui a su casa por primera vez durante una de sus bajas por enfermedad. Hamdi quería enviarle, con un mensajero, un escrito que había que traducir para el día siguiente.

—Dámelo a mí y, de paso, le hago una visita.

—Muy bien. A ver si averiguas qué tiene. ¡Esta vez se está pasando!

Era cierto, esta vez la indisposición estaba durando más de lo habitual. No pisaba la oficina desde hacía una semana. Uno de los empleados me describió la casa en el barrio de İsmetpaşa. Era pleno invierno. Caminé por calles ya sumidas en la oscuridad y por callejones angostos de aceras destartaladas que en nada se parecían a las avenidas bien asfaltadas de Ankara. Las cuestas arriba y abajo se sucedían sin dar tregua. Giré a la izquierda al final de una calle larga, prácticamente donde terminaba la ciudad, y entré en un café que había en la esquina para preguntar por la casa: era un edificio de dos plantas, pintado de amarillo, que se alzaba solitario en medio de un terreno lleno de pilas de piedras y montones de arena. Sabía que Raif

Efendi vivía en el primer piso. Llamé al timbre. Me abrió la puerta una niña de unos doce años. Cuando le pregunté por su padre, forzó una mueca de gravedad y me hizo pasar.

El interior de la casa no era como me lo había imaginado. En el recibidor, que por lo visto se usaba como comedor, había una mesa extensible bastante grande y, a un lado, una vitrina llena de objetos de cristal. Una alfombra de Sivas preciosa cubría el suelo y de la cocina contigua llegaba olor a comida. La niña me condujo enseguida al salón. También allí el mobiliario era bonito, incluso caro. En la estancia había un tresillo de terciopelo rojo, unas mesas bajas de fumar de nogal y una radio enorme en una esquina. Por todas partes, sobre las mesitas y en los respaldos de los canapés, se veían paños de ganchillo de color crema y tejidos con delicadeza, y en la pared había un grabado con forma de barco en el que se podía leer la palabra: «*Amentü*.» («Yo creo.»)

Unos minutos más tarde la niña me trajo café. Tenía aspecto de niña consentida y altiva, y parecía burlarse de mí.

—Mi padre está enfermo, señor —dijo mientras le cogía la taza de las manos—, no puede levantarse de la cama. ¡Pase usted!

Entonces me miró con una expresión que dejaba bien a las claras que yo no merecía en absoluto un trato tan cortés.

Cuando entré en la habitación en la que descansaba Raif Efendi, me quedé desconcertado. No se parecía en lo más mínimo al resto de la casa. Era un cuarto diminuto y en su interior se alineaban un montón de camas blancas, muy juntas, como en el dormitorio de un internado o el pabellón de un hospital. Recostado en una de ellas y tapado con una colcha hasta las orejas, estaba Raif Efendi, que hizo ademán de saludarme tras los cristales de sus gafas.

Busqué una silla para sentarme. Las dos que había estaban ocupadas por jerséis de lana, medias de mujer y unos cuantos vestidos de seda que alguien se había sacado por la cabeza y había tirado allí. A un lado, en un ropero bastante vulgar pintado de color granate y con las puertas entreabiertas, había vestidos y trajes colgados de cualquier manera y, debajo de ellos, unos atadijos de ropa. En la habitación reinaba un caos monumental. En una bandeja de hojalata, encima de la cómoda que Raif Efendi tenía junto a su cabecera, había un plato con restos de sopa, seguramente del mediodía, una jarrita de boca ancha y varios frascos y botes de medicamentos.

—Siéntese ahí, amigo mío —me dijo el enfermo señalándome los pies de la cama.

Me senté como pude donde me decía. Raif Efendi llevaba una chaqueta de mujer; era de lana y de colores muy vivos, con los codos agujereados. Raif Efendi apoyaba la cabeza en los barrotes blancos del cabezal. Su ropa estaba apilada donde yo me encontraba, a los pies de la cama.

—Yo duermo aquí, con los niños —me dijo, al darse cuenta de que observaba la habitación—. Dejan el cuarto patas arriba. En realidad, la casa es pequeña y no cabemos...

—¿Son muchos?

—¡Bastantes! Tengo una hija mayor, va al instituto. Y la que ha visto usted... Luego están mi cuñada y su marido y mis dos cuñados. Vivimos todos juntos. Y mi cuñada también tiene hijos. Dos. Ya sabe usted los problemas que hay en Ankara para encontrar casa. No tienen otro lugar donde vivir.

Mientras tanto, había sonado el timbre de la puerta. Por el ruido y las conversaciones a voz en cuello, deduje que había llegado uno de los miembros de la familia. En cierto momento se abrió la puerta y entró una mujer regordeta de unos cuarenta y tantos años con el pelo corto cayéndole sobre las orejas y la cara. Se inclinó hacia Raif Efendi para susurrarle algo al oído. En lugar de contestarle, él me señaló y me presentó:

—Un compañero de la oficina. Mi Refika. —Y volviéndose hacia su esposa, dijo—: Cógelo del bolsillo de mi chaqueta.

Esta vez, su mujer no le habló al oído.

—Ay, no he venido por dinero. ¿Quién va a ir a comprar? ¡A ti no hay quien te levante!

—Manda a Nurten. ¡Está a dos pasos!

—¿Cómo voy a mandar a la tienda en plena noche a una niña que no levanta dos palmos del suelo? Con este frío, y encima una chica... Además, ¿crees que va a hacerme caso si se lo pido?

Raif Efendi reflexionó. Luego, asintiendo con la cabeza como si al fin hubiera encontrado una solución, miró al frente y dijo:

—Sí que irá, sí que irá.

Cuando su mujer ya se había marchado, se volvió hacia mí:

—En esta casa comprar pan es todo un conflicto. En cuanto me pongo enfermo, ya no saben a quién mandar.

—Sus cuñados, ¿son muy jóvenes? —le pregunté como si fuera de mi incumbencia.

Me miró a la cara y no me contestó. De hecho, daba la impresión de que no había oído mi pregunta. Sin embargo, unos minutos después respondió:

—No, no son muy jóvenes. Los dos trabajan. En una oficina, como nosotros. El marido de mi cuñada los colocó en el Ministerio de Economía. No han estudiado, ¡ni siquiera tienen título de secundaria! —Entonces cambió de tema y preguntó—: ¿Ha traído algo para traducir?

—Sí. Tiene que estar listo mañana. Enviarán un mensajero a primera hora.

Cogió los papeles y los dejó a un lado.

—Y quería saber cómo se encontraba.

—Muchas gracias. Esta vez está durando mucho. ¡No me atrevo a levantarme de la cama!

Parecía sorprendido, como si se preguntara si de verdad me interesaba por él, y yo estaba dispuesto a hacer cualquier cosa para convencerlo, porque era la primera vez que veía algún tipo de emoción en aquellos ojos. Sin embargo, rápidamente volvió a su antigua imperturbabilidad y a la sonrisa vacía de siempre.

Me puse en pie, suspirando. Él se incorporó de repente y me cogió la mano.

—¡Gracias por la visita, hijo!

En su voz había calidez. Como si hubiera intuido lo que sentía.

En efecto, desde aquel día nuestra relación fue un poco más cercana, aunque no se me ocurriría decir que su actitud hubiera cambiado conmigo, y estaría totalmente fuera de lugar insinuar que me había abierto su corazón y nos habíamos hecho íntimos. Él continuó siendo el mismo hombre taciturno e introvertido. Aun así, algunas tardes salíamos juntos de la oficina y lo acompañaba andando hasta su casa, e incluso a veces me invitaba a pasar y nos tomábamos un café en la habitación del tresillo rojo. En esas ocasiones, o no hablábamos o manteníamos conversaciones triviales sobre el alto precio de la vida en Ankara o de lo mal que estaban las aceras en el barrio de İsmetpaşa. Raras veces hablaba sobre su casa o su familia. De vez en cuando decía algo como «La niña ha vuelto a sacar mala nota en matemáticas», pero enseguida cambiaba de tema.

A mí me daba reparo preguntarle sobre esas cuestiones. Los miembros de su familia con los que me había encontrado la tarde de mi primera visita no me habían dejado muy buena impresión. Al salir de la habitación del enfermo, había cruzado el recibidor y había pasado frente a dos jóvenes y una chica de quince o dieciséis años que estaban sentados a la gran mesa del centro. Sin ni siquiera esperar a que les diera la espalda, habían empezado a cuchichear y a reírse. Yo sabía que no estaba haciendo el ridículo, pero ellos, como todos los jóvenes engreídos, necesitaban hacer gala de su superioridad riéndose en la cara de los recién llegados. Y la pequeña Nurten sólo deseaba ser como su hermana y sus tíos. En cada una de mis visitas se repetía la misma escena. Yo aún era joven, todavía no había cumplido los veinticinco, pero me asombraba aquel hábito tan curioso que veía en algunos chicos: esa tendencia a mirar descaradamente a los desconocidos y hacerlos sentir como si fueran un bicho raro. Y me di cuenta también de que la situación de Raif Efendi no era muy agradable y que aquella tribu lo trataba como si molestara, como si fuera un objeto inútil.

Al final, a fuerza de visitar la casa, acabé conociendo un poco mejor a aquellos chicos. En el fondo, no eran malas personas. Simplemente eran criaturas vacías, completamente vacías. Ahí estaba el origen de todas sus impertinencias. Ante ese vacío interior, la única forma que tenían para encontrar algo de paz y ser conscientes de su propia personalidad era mostrar desdén, humillar a los demás y reírse de ellos. Yo prestaba atención a sus conversaciones. Vedat y Cihat, funcionarios de la categoría más baja en el Ministerio de Economía, y Neclâ, la hija mayor de Raif Efendi, no tenían nada mejor que hacer que desternillarse poniendo verdes a sus compañeros; los unos, a los de la oficina; la otra, a los de su clase. Se burlaban de su forma de moverse y de vestir, sin darse cuenta de que esas personas no tenían nada que envidiarles.

—¿Y qué me dices del vestido que llevaba Muallâ en la boda? Ji, ji, ji.

—Si hubieras visto el bufido que le pegó a Orhan... ¡Ja, ja, ja!

Ferhunde Hanım, la cuñada de Raif Efendi, tenía dos hijos, de tres y cuatro años, pero siempre que podía se los dejaba a su hermana y corría a ponerse un vestido de seda, pintarrajearse a toda velocidad y salía de paseo. Aparte de eso, no parecía interesarle nada más. Sólo la vi unas pocas veces, delante del espejo que había sobre el aparador, acomodándose el pelo, teñido y ondulado, bajo el sombrero con velo de tul. Aunque todavía era bastante joven, rondaba la treintena y tenía las comisuras de los párpados y los labios llenas de arrugas. Sus ojos, azules como cuentas de cristal, no podían estarse quietos más de un segundo sobre algo y reflejaban la melancolía insondable que cargaba como una cruz desde el día en que nació. Sus hijos iban siempre desaliñados, con la cara y las manos sucias y la tez pálida. Para ella, sus hijos eran una especie de castigo, una maldición, y no sabía cómo quitárselos de encima para que no la tocaran con las manos mugrientas cuando se arreglaba para salir a la calle.

Su marido, Nurettin Bey, jefe de delegación del Ministerio de Economía, era otra versión de mi amigo Hamdi. Tenía unos treinta o treinta y dos años, se peinaba el cabello negro con cuidado hacia atrás y se hacía una onda que le daba un aire como de aprendiz de barbero. Decía «¿Cómo está usted?», y a continuación movía ligeramente la cabeza cerrando con fuerza los labios, como si hubiera pronunciado una sentencia llena de sabiduría. Cuando hablaba, miraba fijamente a su interlocutor a la cara, pero la expresión de sus ojos parecía decir: «¿Lo dice en serio? ¿Y usted qué sabrá?»

Una vez que terminó sus estudios en una escuela de formación profesional, lo enviaron a Italia para aprender a trabajar el cuero, pero lo único que había aprendido era un poco de italiano y los modales de los hombres importantes. Sin embargo, tenía las cualidades necesarias para triunfar en la vida. De entrada, gracias a una confianza enorme en sí mismo, se veía digno de ocupar altos cargos y de opinar sobre cualquier tema, tanto si sabía algo de él como si no, y al despreciar sistemáticamente a quien se le pusiera delante, lograba convencer a los que lo rodeaban de su valor. (Estoy seguro de que la manía de despreciar a los demás que padecían los habitantes de la casa se les había contagiado de aquel cuñado, a quien todos admiraban mucho.) Además, era muy cuidadoso con su apariencia: se afeitaba todos los días, estaba pendiente de que le plancharan a menudo los pantalones llenos de rozaduras y era capaz de consagrar un sábado entero a ir de tienda en tienda para encontrar los zapatos más elegantes y los calcetines más coloridos. En realidad, según me enteré luego, todo su sueldo se lo gastaban en ropa para él y su esposa, y como las treinta y cinco liras mensuales que aportaban cada uno de los otros dos cuñados no daban para nada, quien asumía con su escaso salario los gastos de la casa no era otro que Raif Efendi. No obstante, en ese hogar, cualquiera llevaba la voz cantante antes que aquel pobre hombre. Tampoco Mihriye Hanım, la mujer de Raif Efendi, muy envejecida para no haber cumplido los cuarenta, con las carnes flácidas y los pechos que le colgaban hasta el vientre a causa de la gordura, se había ganado el favor de los habitantes de la casa, aunque se pasaba el día en la cocina y en sus ratos libres zurcía montañas de calcetines de los niños y cuidaba a los mocosos de su hermana, a cuál más travieso. Ninguno de ellos se preguntaba cómo seguía funcionando aquel hogar; por el contrario, como se consideraban dignos de una vida mucho más refinada, se dedicaban a criticar la comida y a poner pegas a todo, arrugando la nariz y frunciendo los labios. Cuando Nurettin Bey le decía «Pero ¿qué nos das, mujer?», en realidad le estaba diciendo «Por el amor de Dios, ¿adónde van los cientos de liras que te doy?». Y los otros cuñados, que se ponían pañuelos de siete liras al cuello, no tenían el menor reparo en hacer que su hermana Mihriye se levantara de la mesa para ir a la cocina con un «Esto no me gusta, hazme un huevo» o «Me he quedado con hambre, ¡fríeme unas salchichas!». Y luego, por la noche, cuando faltaban once piastras para el pan de la cena, ni se les pasaba por la cabeza sacarlas de su bolsillo y despertaban a Raif Efendi, que continuaba enfermo, y, como si no bastara, se enfadaban con él porque todavía no estaba recuperado y no podía ir al colmado él mismo.

En contraste con el desbarajuste que reinaba en las estancias que no veían los invitados, el orden del recibidor y el salón era, hasta cierto punto, obra de Neclâ. No obstante, a todos les convenía poner aquella máscara a la casa y así quedar bien con los amigos y las visitas. Por ese motivo, y aunque ellos mismos habían tenido que participar, se habían pasado años pagando muebles a plazos y soportando estrecheces. Pero no se puede negar que a los invitados les encantaba apoyar la cabeza en el respaldo de terciopelo rojo del tresillo y que la radio de doce lámparas podía inundar el barrio entero con su estruendo. En cuanto al juego de copas de cristal con filete dorado expuesto en la vitrina, siempre dejaba en buen lugar a Nurettin Bey, que invitaba a menudo a los amigos a tomar *rakı*.

Y aunque quien llevaba el peso de todo aquello era Raif Efendi, daba igual que estuviera en la casa como que no. Nadie, del más pequeño al mayor, le hacía el menor caso. Con él no se hablaba de otro tema que no fueran las necesidades diarias y los problemas de dinero; e incluso muchas veces preferían solucionarlo a través de Mihriye Hanım. Como si fuera un robot, se iba todas las mañanas con una lista de encargos y volvía al anochecer con los brazos llenos de cosas. Incluso Nurettin Bey, que cinco años atrás, cuando pretendía a Ferhunde Hanım, no dejaba a Raif Bey ni a sol ni a sombra y se desvivía por agradarle, y que después del compromiso, cada vez que iba de visita, jamás olvidaba llevarle algo a su futuro cuñado para ganarse su corazón, ahora parecía estar harto de compartir hogar con un hombre tan insignificante. Se enfadaban con él porque no ganaba más dinero y no podía procurarles una vida más lujosa, pero al mismo tiempo estaban convencidos de que era un cero a la izquierda, un don nadie sin valor ni importancia. Incluso Neclâ, que parecía bastante sensata, y Nurten, que todavía iba a la escuela primaria, se comportaban con su padre igual que los demás, probablemente por influencia de su tía y sus parientes políticos. Cuando le mostraban afecto, lo hacían con la premura de a quien le repele una tarea impuesta, y cuando se interesaban por su salud, era con una pretenciosidad que recordaba la caridad falsa que se tiene con un mendigo. Sólo su esposa, Mihriye Hanım, que parecía abrumada por los problemas y las tareas domésticas, y a la que no habían dado ni un segundo de respiro durante aquellos años, hacía todo lo que estaba en su mano para cuidar a Raif Efendi e intentaba que sus propias hijas no lo miraran por encima del hombro ni lo menospreciaran.

Cuando había invitados a cenar, se retiraba con su marido al dormitorio y, para evitar que sus hermanos o Nurettin Bey ordenaran a voz en cuello «¡Que vaya el cuñado a comprar!», le decía con una voz que pretendía ser dulce: «Vamos, tráete de la tienda ocho huevos y una botella de *rakı*. ¡No vamos a hacer que se levanten ahora de la mesa!» Pero no se preguntaba, a lo mejor ni siquiera se daba cuenta, por qué ella y su marido no estaban sentados a la mesa, ni por qué, en las contadas ocasiones en que lo hacían, intercambiaban miradas incómodas casi como si estuvieran cometiendo una falta de respeto hacia los demás.

Y Raif Efendi, curiosamente, parecía sentir compasión por su esposa. En realidad, era como si le diera pena que aquella mujer se pasara meses sin tener tiempo de ponerse otra cosa que no fuera el delantal.

«¿Cómo estás? ¿Has tenido un día muy duro?», le preguntaba de vez en cuando. Y algunas veces la sentaba delante de él y hablaban de si las niñas aprobarían o de cuánto costarían las próximas celebraciones.

Sin embargo, no daba señales de sentir la menor conexión emocional con los otros miembros de la familia. A veces se acercaba su hija mayor y se quedaba mirándola, como si esperara un gesto de ella, amable o incluso cariñoso. Pero esos momentos pasaban con rapidez y un mohín absurdo o una risita impertinente de la niña hacían salir repentinamente a la luz el abismo que mediaba entre ellos.

Le di muchas vueltas a la situación de Raif Efendi. Me parecía imposible que un hombre como él —yo tampoco lo conocía bien, pero estaba seguro de que no era como aparentaba ser—, sí, un hombre como él, se excluyera de su entorno por decisión propia. Sin embargo, el problema residía en que sus familiares no lo conocían y él tampoco era de los que se esfuerzan para que los conozcan. Por tanto, no existía la menor posibilidad de deshacer el hielo entre ellos, de superar esa abrumadora sensación de extrañeza que los separaba. Porque siendo conscientes de lo difícil que es conocernos unos a otros, en lugar de afrontar el esfuerzo que supone, preferimos andar a tientas, como ciegos, y sólo reparar en la existencia de los demás cuando chocamos con ellos.

Como he dicho, Raif Efendi sólo parecía esperar algo de su hija mayor, Neclâ. Aquella muchacha, que imitaba los gestos y movimientos de labios y manos de su tía de cabello teñido, y que recibía toda su fortaleza moral del pedante de su tío, daba señales que hacían pensar que debajo de esa coraza, en el fondo de su corazón, todavía quedaban sentimientos. A veces regañaba a su hermana Nurten cuando ésta le faltaba al respeto a su padre con sus impertinencias, y se la veía realmente enfadada, y en alguna ocasión incluso se había marchado dando un portazo, cuando en la mesa o en la sala se hablaba con desdén de Raif Efendi. Pero aquellas reacciones eran contadas, lo justo para que esa humanidad oculta en su interior se aireara de vez en cuando. La acción larga y persistente de su entorno había forjado una personalidad tan poderosa que había eclipsado su verdadera naturaleza.

Quizá debido a la intolerancia propia de mi juventud, el terrible silencio de Raif Efendi me indignaba. Tanto en la oficina como en su casa no sólo aceptaba que personas ajenas a él lo trataran como a un don nadie, como a alguien insignificante, sino que además hasta cierto punto parecía conforme con ello. Podía llegar a entender que alguien estuviera tan harto de ser juzgado constantemente de forma equivocada y de sentirse incomprendido por su entorno que acabara encontrando una especie de orgullo y placer amargo en su soledad, pero no que aprobara que lo trataran de ese modo.

Tuve numerosas oportunidades de comprobar que no era una persona con los sentimientos embotados. Al contrario, era muy sensible, agudo y atento. A sus ojos, que siempre parecían estar mirando al suelo, no se les escapaba nada. Un día escuchamos a sus hijas discutiendo en voz baja fuera de la habitación sobre quién debía traerme el café: «¡Hazlo tú!», se decían una a la otra. En ese momento, no dijo una palabra, pero cuando volví a su casa diez días después, gritó en dirección a la puerta:

—¡No hagáis café, no quiere!

El hecho de que me hiciera cómplice de aquel gesto, que demostraba que no deseaba que se repitiera una escena que le había resultado muy violenta, hizo que me sintiera todavía más unido a él.

Seguíamos sin hablar de nada. Pero eso ya no me incomodaba. Su talante silencioso, su tolerancia con todo, su compasión frente a las debilidades humanas y el humor con que aceptaba las impertinencias, ¿no hablaban ya por sí solos? Cuando paseábamos juntos, ¿acaso no sentía con todas mis fuerzas la presencia de un ser humano a mi lado? En esa época comprendí que a veces no hace falta hablar para buscarnos, para encontrarnos y vernos el alma, y también por qué algunos poetas siempre salían acompañados de quien pudiera caminar a su lado en silencio ante la belleza de la naturaleza. No sabría decir qué me enseñó exactamente ese hombre que andaba junto a mí sin abrir la boca y trabajaba frente a mí sin hacer ruido, pero estoy seguro de que han sido cosas que nunca habría aprendido en un aula por muchos años que hubiera estudiado.

Notaba que a él también le gustaba mi compañía. Quedaba poco de aquel ser temeroso y tímido que había conocido durante los primeros días. A veces, sin embargo, se mostraba distante repentinamente, sus ojos perdían toda expresión y se encerraba en sí mismo. Cuando le dirigía la palabra, me contestaba en voz baja, pero con un tono que me disuadía de acercarme. En momentos así, él descuidaba sus traducciones y muchas veces dejaba el lápiz a un lado y se pasaba horas mirando los papeles desplegados sobre su mesa. Yo intuía que estaba más allá del espacio y el tiempo, en un lugar inalcanzable, así que no intentaba acercarme. No obstante, me preocupaba: me había dado cuenta de que la enfermedad de Raif Efendi, curiosamente, acostumbraba a aparecer después de esos episodios. No tardé en saber la razón, aunque de forma muy dolorosa. Pero hablaré de ello cuando llegue el momento.

Un día de mediados de febrero, Raif Efendi tampoco vino a la oficina. Cuando me pasé por su casa aquella tarde, me abrió la puerta su esposa, Mihriye Hanım.

—¿Es usted? Pase —dijo—. Acaba de quedarse dormido. Si quiere lo despierto...

—¡No! No lo moleste. ¿Cómo está?

Me hizo pasar al recibidor.

—Tiene fiebre. ¡Esta vez habla también de dolores! —Luego, con voz quejosa, añadió—: Ay, hijo, no se cuida nada... Y ya no es un niño... Pierde los estribos sin motivo... No sé qué le pasa... Pero si no cruza ni dos palabras seguidas conmigo... Se lía la manta a la cabeza y se va... Y luego, pues eso, se queda tirado en la cama como ahora.

En ese momento se oyó la voz de Raif Efendi en la habitación contigua. Su mujer acudió a la carrera. Yo estaba atónito. ¿Era posible que un hombre como él, que se preocupaba tanto por su salud, que ya no sabía cómo ponerse más camisetas y bufandas de lana, fuera capaz de cometer alguna imprudencia?

Mihriye Hanım volvió y dijo:

—Se ha despertado al sonar el timbre. ¡Pase!

Esta vez me encontré a Raif Efendi un poco más decaído. Tenía la cara muy pálida y la respiración acelerada. Su sonrisa infantil de siempre me pareció más bien una mueca forzada que le agotaba los músculos faciales. Y los ojos, tras los cristales de las gafas, parecían huir hacia lo más profundo.

—¿Qué le ha pasado, Raif Bey? Espero que se mejore pronto.

—Muchas gracias.

Tenía una ligera ronquera. Cuando tosía, se le estremecía el pecho y producía un silbido horrible.

—¿Cómo ha podido resfriarse? —le pregunté por curiosidad—. Seguramente será un catarro.

Estuvo un buen rato contemplando la colcha blanca. A pesar de que hacía mucho calor en el cuarto, gracias a una pequeña estufa de hierro que su mujer y las niñas habían encajado entre las camas blancas, él parecía tener frío.

—Sí, por lo visto me he resfriado —dijo, tirando del cobertor hasta el cuello—. Ayer salí un poco después de cenar.

—¿Fue a algún sitio?

—No... Me apetecía pasear un rato. Qué sé yo. Estaría un poco agobiado.

Me sorprendió que reconociera que algo podía agobiarlo.

—Anduve un poco más de la cuenta. Fui por la parte del Instituto de Agricultura. Llegué hasta el principio de la cuesta de Keçiören. No sé si es que iba demasiado deprisa, pero de pronto sentí mucho calor. Me desabroché el abrigo. Y hacía viento. Además nevaba un poco. Probablemente me enfrié.

No parecía propio de Raif Efendi lo de irse a pasear durante horas con el pecho descubierto por calles solitarias, de noche, nevando y con viento.

—¿Le preocupaba algo? —dije.

—No, por Dios... —me respondió, muy agitado—. Me pasa de vez en cuando... Me apetece pasear a solas de noche. Quién sabe, quizá sea que me angustia el alboroto de la casa... —Y, como si temiera haber hablado demasiado, añadió a toda prisa—: ¡Será que me estoy haciendo viejo! ¡Qué culpa tendrá la familia!

De fuera llegaban conversaciones rápidas y ruidosas. Entró la hija mayor, que volvía de clase, y besó a su padre en las mejillas.

—¿Cómo estás, papá? —Luego se volvió hacia mí y me dio la mano—. Ay, señor, siempre le pasa lo mismo. De vez en cuando dice que se va al café un rato y, no sé si se enfría allí o por el camino, pero luego se pone malo de repente. ¡Le ha pasado muchas veces! ¡No sé qué tiene el café!

Se quitó de golpe el abrigo, lo tiró en una silla y salió de inmediato. Parecía acostumbrada a que Raif

Efendi estuviera así y no le daba demasiada importancia.

Miré al enfermo a la cara. Él también volvió los ojos hacia mí y en ellos no había ninguna expresión, ninguna sorpresa. No me intrigaba que hubiera mentido a su familia, sino que me hubiera contado la verdad a mí. Y me sentía también un tanto orgulloso: el orgullo de alguien que tiene más intimidad con otro que los demás.

De camino a casa me sumergí en mis pensamientos. Después de todo, ¿no sería Raif Efendi un hombre simple e insustancial? Estaba claro que no tenía ningún objetivo ni pasión en la vida y que no sentía interés por nadie, ni siquiera por sus seres más allegados. Entonces ¿qué pretendía? ¿No sería esa falta de objetivos, ese vacío interior, lo que lo empujaba a deambular por las calles en plena noche?

En ese momento vi que había llegado al hotel en que me hospedaba. Vivía allí con un compañero, en una habitación en la que a duras penas cabían dos camas. Eran las ocho pasadas. Como no tenía ganas de cenar, pensé en subir al cuarto y leer un poco, pero cambié de opinión de inmediato: justo a aquella hora, el café que había debajo del hotel subía el volumen del gramófono al máximo y la cabaretera siria que dormía en la habitación contigua a la nuestra se ponía a cantar con su voz estridente canciones árabes mientras se arreglaba para ir a trabajar. Di media vuelta y me encaminé a Keçiören por una calle asfaltada, pero con los laterales embarrados. Al principio, a ambos lados había talleres de reparación de coches y barracas bajas que se utilizaban como cafés. Luego empezaron, a la derecha, las casas que trepaban hacia la colina y, a la izquierda, en la hondonada, jardines llenos de árboles a los que se les habían caído ya las hojas. Me levanté el cuello del abrigo. Soplaba un viento fuerte y húmedo. Sentía un deseo extraordinario de andar y correr, como me pasaba cuando estaba bebido. Tenía la sensación de que podría continuar andando durante horas, días enteros. Había dejado de mirar a mi alrededor, y así seguí mucho rato. El viento había multiplicado su intensidad y me causaba placer avanzar luchando contra esa fuerza, como si alguien me empujara el pecho.

Entonces me pregunté por qué había ido por ahí... Nada... No había una razón... Había echado a andar y, sin pretenderlo, había llegado hasta allí. A ambos lados del camino el viento hacía gemir los árboles y, en el cielo, las nubes corrían a toda velocidad. Las colinas negras y rocosas que tenía enfrente todavía estaban un poco iluminadas y parecían romper las nubes que las atravesaban y dejaban su rastro a este lado. Avanzaba con los ojos entrecerrados, aspirando el aire húmedo. Volvió a mi mente la pregunta sin respuesta que antes había apartado: ¿Por qué había ido allí? El viento se parecía mucho al de la noche anterior; posiblemente, en breve empezaría a nevar. Entonces, otro hombre caminaba por allí a paso rápido, con las gafas empañadas, el sombrero en la mano y el abrigo desabrochado. El viento se colaba entre su cabello corto y ralo y refrescaba su cabeza ardiente. ¿Qué era lo que había dentro de aquella cabeza? ¿Por qué había arrastrado hasta allí a ese cuerpo envejecido y enfermo? Intentaba imaginarme a Raif Efendi caminando en aquella noche fría y oscura, la expresión que había en su cara. Ahora entendía por qué había ido yo hasta allí: creía que así comprendería al fin lo que le pasaba por la mente. Pero no había más que ese viento empeñado en volarme el sombrero, árboles gimiendo y nubes cambiando de forma rápidamente mientras avanzaban delante de mí. Vivir una experiencia donde él la había vivido no significaba vivirla como él... Sólo alguien tan inocente e iluso como yo podría haberlo creído.

Regresé al hotel a toda prisa. Ya no se oían ni el gramófono del café ni las canciones de la mujer siria. Mi compañero leía tumbado en la cama. Me lanzó una mirada de reojo.

—¿Qué? ¿Vienes de echar una canita al aire?

Qué poco nos conocemos los seres humanos... Lo único que yo deseaba era comprender lo que pasaba por la mente de otro, la claridad o complejidad de su alma. Hasta el hombre más sencillo, miserable e incluso el más tonto del mundo posee un alma de una complejidad extraordinaria, capaz de dejarnos maravillados. ¿Por qué nos negamos a reconocerlo y suponemos que esa criatura llamada ser humano es tan fácil de comprender y de juzgar? Evitamos pronunciarnos sobre la calidad de un queso que comemos por primera vez, pero sin ningún tipo de escrúpulo damos una opinión categórica sobre una persona la primera vez que nos cruzamos con ella. Y pasamos a la siguiente. ¿Por qué somos así?

Me costó mucho conciliar el sueño. Asaltado por la fiebre, Raif Efendi yacía en su lecho con la colcha blanca, inhalando el olor que emanaba de los cuerpos jóvenes de sus hijas y de los miembros cansados de su esposa y que inundaba el cuarto. Sus ojos debían de estar cerrados y quién sabe por dónde estaría vagando su espíritu.

Esta vez, la enfermedad de Raif Efendi estaba durando más que de costumbre. No parecía un simple resfriado. Un médico anciano que llevó Nurettin Bey le aconsejó cataplasmas de mostaza y le recetó un jarabe para la tos. Yo me pasaba cada dos o tres tardes y me pareció que cada vez estaba más decaído. Pero él no le daba importancia a su enfermedad. Quizá trataba de evitar que su familia se preocupase. Sin embargo, el estado de Mihriye Hanım y de Neclâ era realmente como para alarmarse. La mujer, que parecía haber desestimado hacía años la idea de ponerse a trabajar, entraba y salía de la habitación del enfermo sumida en un gran estupor; luego se le caían las toallas, o los platos donde llevaba la cataplasma caliente de mostaza, siempre se le olvidaba algo dentro o fuera y no hacía más que buscar cosas. Todavía la veo correteando de aquí para allá con sus zapatillas sin talón ladeadas en los pies desnudos y siento sobre mí aquella mirada que clavaba en el primero que se encontrara, como pidiendo ayuda. Aunque Neclâ no parecía tan perdida como su madre, estaba sumida en una profunda tristeza. Los últimos días no había ido a clase y velaba a su padre. Cuando yo me acercaba por las tardes a ver cómo andaba el enfermo, me percataba, por sus ojos enrojecidos e hinchados, que había estado llorando hasta hacía un momento. Pero todas esas atenciones sólo parecían angustiar aún más a Raif Efendi. Se quejaba de ello cuando nos quedábamos a solas y, de hecho, una vez estalló:

—Pero ¿qué les ocurre a éstas? ¿Es que me voy a morir de inmediato? Y, si me muero, ¿qué pasa? ¿Qué más les da? ¿Qué soy para ellas? —Y luego, con una actitud más amarga y despiadada, añadió—: No soy nada para ellas... Hemos vivido durante años en la misma casa y nunca han tenido la curiosidad de saber quién era ese hombre. Ahora les asusta que me vaya para siempre...

—Por Dios, Raif Bey —dije—. ¿Qué forma de hablar es ésa? Es cierto, quizá están demasiado nerviosas, pero esos comentarios no están bien. ¡Son su mujer y su hija!

—Sí, mi mujer y mi hija... Pero eso es todo...

Volvió la cabeza al otro lado. No entendí lo último que dijo y no me atreví a preguntar nada más.

Para tranquilizar a los de la casa, Nurettin Bey hizo que un especialista en medicina interna visitara al enfermo. Después de examinarlo minuciosamente, el médico concluyó que Raif Efendi tenía una neumonía y, al ver la sorpresa de los que lo rodeaban, añadió:

—Oh, vaya, tampoco es para tanto. Gracias a Dios, tiene una constitución muy resistente y el corazón sano, lo superará. Simplemente hay que andarse con cuidado. Que no pase frío. En realidad, sería mejor que lo ingresaran en un hospital.

En cuanto oyó la palabra «hospital», Mihriye Hanım se dejó ir por completo. Se desplomó en una de las sillas de la entrada y empezó a llorar desconsoladamente. Nurettin Bey frunció el ceño como si le hubieran faltado al respeto.

—¡No veo por qué! Seguro que en casa estará mejor cuidado que en un hospital.

El médico se encogió de hombros y se marchó.

En un primer momento, Raif Efendi quería ir al hospital. «Por lo menos, allí descansaré», dijo. Era evidente que le apetecía estar solo, pero viendo con cuánta vehemencia se oponían los demás, optó por no abrir la boca. Con una sonrisa de desesperación, susurró: «¡Allí tampoco me dejarían tranquilo!»

Un viernes por la tarde, todavía lo recuerdo como si lo estuviera viendo, estaba sentado a la cabecera de Raif Efendi, sin hablar, contemplando cómo se le llenaba de aire el pecho gorgoteante. No había nadie más en la habitación. Un reloj de bolsillo bastante grande que había entre los frascos de medicinas de la mesita de noche llenaba el cuarto con un ruido metálico.

—Hoy estoy un poco mejor —dijo el enfermo, abriendo los ojos hundidos en las cuencas.

—Claro... No iba a seguir así para siempre...

Entonces me preguntó con un tono muy afligido:

—Bien, pero ¿cuánto va a durar esto?

Comprendí el verdadero sentido de su pregunta y me horroricé. El hastío de su voz desvelaba lo que quería decir.

—¿Qué le ocurre, Raif Bey?

Clavó sus ojos en los míos e insistió en su pregunta:

—¿Qué necesidad hay? ¿Es que no ha sido suficiente?

En ese momento entró Mihriye Hanım.

—¡Hoy está bastante mejor! —dijo, acercándose a mí—. Esto también lo ha superado, Dios mediante. —Luego se volvió hacia su marido—: El domingo vamos a hacer la colada. Si aquí el caballero trajera tu toalla...

Raif Efendi inclinó la cabeza como asintiendo. Su mujer volvió a salir, aunque antes buscó algo en el armario. Una ligera mejoría en el estado del paciente había erradicado todas sus preocupaciones y nerviosismos. Ahora, como antes, tenía la cabeza ocupada con los problemas de la casa, la comida y la colada. Como les ocurre a todas las personas sencillas, pasaba de la pena a la alegría, de la emoción a la tranquilidad y, como cualquier mujer, lo olvidaba todo rápidamente. En los ojos de Raif Efendi había una sonrisa profunda y llena de amargura.

—Ahí, en el bolsillo derecho tiene que haber una llave —dijo, señalando con la cabeza su chaqueta, colgada a los pies de la cama—. Cógela y abre el cajón superior de mi mesa. Tráete la toalla que dice mi mujer. Sé que es abusar de la confianza, pero...

—¡La traeré mañana por la tarde!

Clavó la mirada en el techo y estuvo un buen rato callado. Luego volvió la cabeza hacia mí.

—¡Tráete todo lo que haya allí, en el cajón! Todo lo que haya. Probablemente mi mujer ha intuido que nunca más podré volver a la empresa. A donde voy a ir es a otro sitio...

Volvió a hundir la cabeza en la almohada.

La tarde siguiente, antes de salir del trabajo, me acerqué a la mesa de Raif Efendi. A la derecha tenía tres cajones en vertical. Primero abrí los de abajo; uno estaba completamente vacío y en el otro había unos papeles y borradores de traducciones. Al meter la llave en la cerradura del cajón superior sentí un escalofrío: acababa de darme cuenta de que estaba sentado en la misma silla en que se sentaba Raif Efendi desde hacía años y de que estaba repitiendo el mismo gesto que él hacía varias veces al día. Abrí el cajón a toda prisa. También parecía estar vacío. Sólo había, en un rincón, una toalla bastante sucia, un trozo de jabón envuelto en papel de periódico, una fiambrera pequeña, un tenedor y una navaja con sacacorchos marca Singer. Lo envolví todo rápidamente en un papel. Cerré el cajón y me levanté, pero se me ocurrió que podía haberse quedado algo en el fondo. Lo abrí de nuevo y busqué en el interior, tanteando. En el fondo había una especie de cuaderno. Lo cogí también, lo puse con las otras cosas y me largué de allí. Mientras permaneciera en el despacho, no se me iría de la cabeza la idea de que quizá Raif Efendi no volvería a sentarse en aquella silla ni volvería a abrir aquel cajón.

En su casa me recibieron de nuevo con nerviosismo. Me abrió Neclâ y al verme negó con la cabeza como diciendo: «No me pregunte, no me pregunte.» Me había convertido casi en otro miembro de la familia y nadie me consideraba ya un extraño.

—Mi padre ha empeorado otra vez —me dijo la joven—. Hoy le han dado dos ataques. Hemos pasado mucho miedo. Mi cuñado ha hecho venir al médico, que ahora está con él... Le está poniendo una inyección.

Y volvió a toda velocidad al cuarto del enfermo.

No entré. Me senté en una de las sillas del recibidor y dejé ante mí el paquete envuelto en papel. Aunque Mihriye Hanım salió varias veces, me dio vergüenza darle aquella miseria. Allí dentro había alguien que luchaba por su vida y no me parecía muy apropiado soltarle a un familiar suyo una toalla sucia y un tenedor viejo. Me puse en pie y empecé a dar vueltas alrededor de la gran mesa que había en el centro de la estancia. Me asusté cuando me vi en el espejo de la vitrina. Estaba pálido. El corazón empezó a latirme a toda velocidad. Sea quien sea, la lucha de un ser humano en el largo puente entre la vida y la muerte es siempre algo terrible. Luego pensé que, estando allí los que le eran más próximos —su mujer, sus hijas, sus familiares—, yo no tenía ningún derecho a mostrar más pena o afecto que ellos.

En ese instante, mi mirada penetró en el salón a través de la puerta entreabierta. Al acercarme, vi a Cihat y Vedat, los cuñados de Raif Efendi. Estaban sentados en un canapé, el uno junto al otro, fumando. Era evidente que estaban extraordinariamente aburridos y que les fastidiaba no poder salir de la casa. Nurten estaba sentada en un sillón, con la cabeza apoyada en el brazo, llorando o durmiendo. Un poco más allá, Ferhunde, la cuñada de Raif Efendi, tenía a sus dos hijos sentados en el regazo y les estaba diciendo algo con la intención de que no hicieran ruido, pero se le notaba a la legua lo inexperta que era consolando niños.

Se abrió la puerta de la habitación del enfermo y salió el médico y, tras él, Nurettin Bey. A pesar de su desapego, al médico se lo veía preocupado.

—No se separen de él y si le da otro ataque, pónganle una de esas inyecciones.

—¿Está en peligro? —preguntó Nurettin Bey, frunciendo el ceño.

El médico le replicó con la frase que siempre dan sus colegas en situaciones parecidas:

—¡Nunca se sabe!

Y a fin de no quedar expuesto a más preguntas, y sobre todo para no ser acosado por la esposa del enfermo, se puso rápidamente el sombrero y el abrigo, cogió, haciendo una mueca, las tres liras de plata que Nurettin Bey tenía preparadas en la mano y abandonó la casa.

Me acerqué poco a poco a la puerta de la habitación. Miré dentro. Mihriye Hanım y Neclâ observaban con enorme interés al hombre que yacía ante ellas con los ojos cerrados. Cuando la joven me vio, me llamó con un gesto de la cabeza. Su madre y ella querían ver qué efecto me producía el estado del enfermo. Como me di cuenta, intenté contenerme con todas mis fuerzas. Asentí ligeramente, como si estuviera aliviado por lo que veía. Luego me volví hacia las mujeres, que estaban de pie a mi izquierda, con las cabezas casi juntas.

—Probablemente no haya nada que temer. ¡Se pondrá bien, si Dios quiere! —dije con una sonrisa forzada.

El enfermo entreabrió los párpados y me miró un rato como si no me reconociera. Luego, haciendo un gran esfuerzo, giró la cabeza hacia su mujer y su hija, susurró unas palabras incomprensibles e hizo una serie de muecas arrugando la cara.

Neclâ se le acercó.

—¿Quieres algo, papá?

—Vamos, salid un momento.

Tenía una voz débil y ronca.

Mihriye Hanım nos señaló a Neclâ y a mí, pero el paciente, al verlo, sacó la mano de entre las sábanas, me agarró por la muñeca y dijo:

—¡No te vayas!

Las mujeres se quedaron un tanto sorprendidas.

—Papá, no saques el brazo —protestó Neclâ.

Raif Efendi asintió con la cabeza repetidas veces, como queriendo decir «Lo sé, lo sé», e hizo otra vez una señal para que se fueran.

Las dos mujeres abandonaron el cuarto al tiempo que me lanzaban miradas inquisitivas.

Raif Efendi me señaló el paquete que tenía en la mano y que se me había olvidado por completo.

—¿Lo has traído todo?

En un primer momento lo miré a la cara sin comprender. ¿Tanta ceremonia tan sólo para preguntarme eso? Él seguía mirándome y los ojos le brillaban como poseídos por una enorme impaciencia.

Entonces recordé el famoso cuaderno de tapas negras. No se me había ocurrido abrirlo ni una sola vez, ni había sentido curiosidad por saber qué contendría. Ni siquiera se me había pasado por la cabeza que Raif Efendi pudiera tener un cuaderno.

Abrí rápidamente el paquete y coloqué la toalla y el resto de las cosas en una silla que había detrás de la puerta. Luego tomé el cuaderno y se lo enseñé a Raif Efendi.

—¿Esto es lo que quería?

Asintió con la cabeza.

Lo hojeé lentamente. Sentía cómo iba creciendo en mi interior una curiosidad indescriptible. En las páginas había frases escritas con letras grandes y erráticas que, a todas luces, habían sido anotadas con rapidez. Eché un vistazo a la primera página, que no tenía encabezamiento ni nada parecido. A la derecha tenía la fecha de 20 de junio de 1933 e inmediatamente debajo la siguiente frase:

«Ayer me ocurrió algo extraño que me hizo revivir otros acontecimientos de hace diez años.»

No pude leer lo que había más abajo. Raif Efendi volvió a sacar el brazo de entre las sábanas y me agarró la mano.

—¡No lo leas! —Y señalando con la cabeza el otro lado de la habitación, susurró—: ¡Tíralo ahí!

Miré hacia donde me indicaba. Vi la estufa de hierro con sus ojos rojos brillando tras las placas de mica.

—¿A la estufa?

—¡Sí!

En ese momento la curiosidad era ya irresistible. Me resultaba imposible destruir por mi propia mano el cuaderno de Raif Efendi.

—¿Cómo se le ocurre, Raif Bey? ¿No cree que es una pena? ¿Le parece bien quemar sin motivo un cuaderno que lo ha acompañado desde hace tanto tiempo?

—No lo necesito —dijo, señalando de nuevo la estufa con la cabeza—. Ya no lo necesito.

Comprendí que era imposible hacerle cambiar de opinión. Probablemente había vertido en ese cuaderno el alma que ocultaba a todo el mundo y ahora quería llevársela consigo.

Me despertó una compasión infinita ver que aquel hombre no quería dejar nada tras de sí a los demás y como, aun cuando se dirigía hacia la muerte, pretendía llevarse la soledad consigo. Y sentí también un interés enorme por su destino.

—Lo comprendo, Raif Bey —dije—. Sí, lo comprendo perfectamente. Tiene razón en querer guardarse para usted todo lo suyo. Y también tiene razón en querer quemar este cuaderno. Pero ¿no podría aplazarlo por un tiempo, aunque sea sólo un día?

Me miró como si, con los ojos, me preguntara: «¿Por qué?»

Me acerqué a él con la intención de llevar hasta el final lo que había empezado y traté de transmitirle con la mirada toda la compasión y el afecto que sentía por él.

—¿No podría dejarme el cuaderno esta noche, sólo esta noche? Hace mucho tiempo que somos compañeros y nunca me ha contado nada sobre usted. ¿No le parece natural que sienta curiosidad? ¿Realmente considera necesario ocultarse también de mí? Es usted la persona que más valoro en el mundo. Y a pesar de eso, quiere irse y dejarme dándome a entender que ante sus ojos no valgo nada, como todos los demás.

Se me saltaban las lágrimas. Continué hablando con el pecho tembloroso. Era como si de repente estuviera sacando a relucir todos los reproches que se habían acumulado en mi espíritu hacia aquel hombre que desde hacía meses, en lugar de permitirme que me acercara, me rehuía.

—Quizá tenga razón en haber dejado de confiar en los demás. Pero ¿es que no hay excepciones? ¿No puede haberlas? Recuerde que usted también es un ser humano. Quizá su comportamiento no sea más que un gesto de egoísmo absurdo.

Guardé silencio al darme cuenta de que aquellas palabras no eran precisamente las que se dicen a un enfermo grave. También él estaba callado. Por fin, con un último esfuerzo, concluí:

—¡Compréndame usted también, Raif Bey! Estoy al principio del camino que ahora está usted finalizando. Quiero conocer a los demás y, sobre todo, saber qué le ha hecho a usted la gente...

El enfermo me interrumpió negando violentamente con la cabeza. Murmuraba algo, me incliné, sentía su aliento en la cara.

—¡No, no! La gente no me ha hecho nada... Nada... Siempre yo... Siempre yo...

Guardó silencio de repente y la barbilla le cayó hacia el pecho. Jadeaba. Era evidente que aquella escena lo había dejado agotado. Yo mismo había empezado a sentir un gran agotamiento anímico. Pensé en tirar el cuaderno a la estufa y huir de allí. El enfermo abrió los ojos.

—No es culpa de nadie... ¡Ni siquiera mía!

No pudo continuar. Tosía. Finalmente se quedó mirando el cuaderno y dijo:

—Lee, ya verás.

De inmediato me metí el cuaderno de tapas negras en el bolsillo, como si lo hubiera estado esperando.

—Lo traeré mañana por la mañana y lo quemaré delante de usted.

Él se encogió de hombros con una actitud que no tenía nada que ver con sus escrúpulos de hacía un instante y que parecía querer decir: «¡Haz lo que quieras!»

Comprendí que había perdido el interés incluso por aquel cuaderno en el que a buen seguro había anotado los momentos más importantes de su vida. Le besé la mano para despedirme. Cuando quise incorporarme, no me dejó ir, tiró de mí y me besó a su vez, primero en la frente y luego en las mejillas. Al levantar la cabeza vi que le corrían lágrimas hacia las sienes. Raif Efendi no hacía el menor movimiento para ocultarlas o secárselas, simplemente me miraba sin pestañear. No pude contenerme y yo también me eché a llorar; era uno de esos llantos silenciosos, sin sollozos ni hipidos, como sólo se llora cuando se siente una pena auténtica y muy profunda. Sabía que me resultaría difícil separarme de él, pero nunca me habría imaginado que fuera algo tan terrible, que me produciría tanto dolor.

Raif Efendi movió de nuevo los labios.

—Nunca hemos podido charlar largo y tendido, hijo —dijo con voz apenas audible—. ¡Qué pena!

Y cerró los ojos.

Ya nos habíamos despedido... Crucé el vestíbulo prácticamente corriendo para que no me vieran la cara los que aguardaban ante la puerta y salí a la calle. Por el camino, un viento frío me secó las mejillas. Me decía sin cesar: «¡Qué pena! ¡Qué pena!»

Cuando llegué al hotel me encontré a mi compañero durmiendo. Me metí en la cama, encendí la lamparita de la mesita de noche y me puse a leer de inmediato el cuaderno escolar de tapas negras de Raif Efendi.

20 de junio de 1933

Ayer me ocurrió algo extraño que me hizo revivir otros acontecimientos de hace diez años. Sé que a partir de ahora nunca me abandonarán esos recuerdos que creía olvidados... ¿Qué casualidad traidora me los puso en medio del camino y me sacó del sueño profundo en el que estaba sumido, de la somnolencia insensible a la que estaba acostumbrándome poco a poco? Si dijera que voy a volverme loco, o incluso a morirme, estaría mintiendo. Uno se acostumbra y se somete con rapidez a lo que creía que no podría soportar. Yo también seguiré viviendo... Pero ¿cómo? ¡Qué tortura más insufrible se tornará mi vida a partir de este momento! Pero la sobrellevaré. Como he hecho hasta ahora.

Sólo hay algo que me es imposible soportar: no pienso guardármelo todo en la cabeza para mí solo. Quiero hablar, contar muchas cosas, muchas... ¿A quién? ¿Habrá alguna otra persona en la inmensidad del mundo que esté tan sola como yo? ¿Qué puedo contarle a quién? No recuerdo haber dicho una palabra a nadie desde hace diez años. He huido de todos en vano, he alejado de mí a todo el mundo para nada. Pero ¿seré capaz de hacerlo de otra forma a partir de ahora? Ya no es posible cambiar nada... Y tampoco es necesario. Se ve que así es como tenía que ser. Si simplemente pudiera contarlo... Si pudiera sacar fuera todo lo que llevo dentro aunque sólo fuera con una persona... Sin embargo, aunque lo quisiera de veras, a estas alturas me sería imposible encontrar a alguien así. Y no estoy como para ponerme a buscar. No lo haría aunque pudiera... En realidad, ¿para qué he cogido este cuaderno? Si existiera la más mínima esperanza, ¿me habría puesto a escribir, que es lo que menos me gusta del mundo? Uno tiene que encontrar la manera de desahogarse. De no haber sido por lo de ayer... Ah, si ayer no me hubiera enterado de todo... Ahora seguiría con mi vida anterior, sin duda más tranquila.

Ayer me topé con dos personas mientras iba por la calle. A una la veía por primera vez y la otra era una de esas personas que me resultan totalmente ajenas. ¿Cómo iba a imaginarme que tendrían una influencia tan extraordinaria en mi vida?

Pero, puesto que me he decidido a escribir, debo contarlo todo con serenidad y desde el principio. Así pues, tendré que retroceder unos años, diez o doce... Quizá quince... Pero escribiré sin angustiarme... Quizá me sea posible ocultar los aspectos más terribles entre detalles sin importancia y librarme de su influencia. Quizá lo que escriba no sea tan amargo como lo que viví y pueda aliviarme un poco. Quizá vea que casi todo tiene menos importancia y es más simple de lo que me creía y me avergüence de mi agitación. Quizá...

Mi padre era de Havran. Yo nací y me crié allí, donde también estudié primaria y luego fui durante un tiempo a Edremit, que está como a una hora de camino, para cursar secundaria. Con diecinueve años, en los últimos días de la Gran Guerra, me llamaron a filas y mientras estaba haciendo la instrucción, se proclamó el armisticio. Volví a mi ciudad. Continué los estudios, pero no los terminé. De hecho, no me apetecía mucho estudiar. El año que había transcurrido entre medias y el caos tremendo que reinaba en la zona en aquel entonces me hicieron perder el entusiasmo por mi formación.

Tras el armisticio, todo se desmoronó: ya no existían ni un Gobierno como es debido ni unos ideales y unos objetivos claros. Algunas regiones habían sido invadidas por tropas extranjeras y multitud de bandas que habían aparecido de la nada bajo todo tipo de siglas empezaron a actuar: unas enfrentándose al enemigo, otras saqueando pueblos. Una semana, el nombre de un cabecilla pasaba de boca en boca como si fuera un héroe y, a la siguiente, se hacía público que había sido ejecutado y que su cadáver estaba colgado en la plaza de Konakönü, en Edremit. En una época tan convulsa no resultaba muy atrayente encerrarse entre cuatro paredes a estudiar historia otomana o los diálogos de formación moral. Sin embargo, mi padre, que era uno de los que tenían una mejor situación económica en la región, estaba empeñado en que yo me formara. Al ver que muchos chicos de mi edad se ponían unas cananas cruzadas, se colgaban un máuser al hombro y se echaban al monte aun sabiendo que parte de ellos moriría a manos del enemigo o de los bandoleros, empezó a temer que yo los siguiera. Y era cierto, no pensaba quedarme de brazos cruzados y había empezado a prepararme en secreto. Pero entonces las tropas de ocupación entraron en la ciudad y todas mis ansias de heroísmo fueron condenadas a morir dentro de mí.

Le estuve dando vueltas unos meses. La mayoría de mis amigos había desaparecido. Mi padre decidió enviarme a Estambul, aunque él tampoco sabía adónde debía ir y me decía: «¡Busca algo que estudiar!» Que mi padre me dijera eso, a pesar de que yo siempre había sido un muchacho un poco torpe y retraído, demuestra lo poco que conocía a su hijo, aunque al menos alimentaba ciertos deseos ocultos en mi interior que apuntaban hacia otras direcciones. En el colegio había una asignatura con la que me había ganado el aprecio de los profesores porque se me daba bastante bien: dibujo. A veces fantaseaba con la idea de ingresar en la

Academia de Bellas Artes de Estambul y dejaba que esos dulces sueños me ocuparan. De hecho, era un muchacho que desde pequeño vivía más en un mundo de fantasía que en la realidad. Era de un natural tan vergonzoso que rozaba lo absurdo y que en muchas ocasiones provocaba que se me malinterpretara, me hacía quedar como un tonto y me fastidiaba en gran manera. Nada me aterrorizaba tanto como verme obligado a corregir la falsa impresión que alguien se hubiera formado de mí. Y cuando mis compañeros de clase me echaban la culpa de sus desaguisados, no me atrevía a decir una palabra en mi defensa y cuando llegaba a casa me escondía en algún rincón a llorar. Recuerdo que mi madre y, sobre todo, mi padre me decían a menudo: «Vaya, algo ocurrió cuando naciste, porque ¡deberías haber sido una niña!»

Mi mayor placer consistía en sentarme a solas en el jardín de casa, o en la orilla del arroyo, y soñar despierto. Aquellas ensoñaciones contrastaban enormemente con mis actos, pues en ellas era valiente y audaz. Como los protagonistas de las innumerables novelas traducidas que leía, arrasaba aldeas en compañía de mis secuaces, que me obedecían sin rechistar, y, con una máscara en la cara y dos pistolas en el cinto, raptaba y me llevaba a mi magnífica cueva en la montaña a una chiquilla llamada Fahriye, que vivía en un vecindario próximo al nuestro y que despertaba en mí unos deseos tan dulces que era incapaz de precisar. Me la imaginaba aterrorizada y resistiéndose en un primer momento, pero luego asombrada al ver cómo la gente temblaba ante mí y las riquezas sin par de la cueva, hasta que, por fin, cuando le descubría mi rostro, gritaba con una alegría incontenible y me echaba los brazos al cuello. Unas veces viajaba por África como los grandes exploradores y vivía aventuras insólitas entre caníbales, y otras era un famoso pintor y recorría Europa. Todos los libros que leía, los de Michel Zévaco, Jules Verne, Alexandre Dumas, Ahmet Mithat Efendi, Vecihi Bey, se grababan de forma indeleble en mi mente.

A mi padre le irritaba que leyera tanto y en ocasiones me quitaba las novelas y las tiraba, o bien no permitía que se encendiera ninguna luz en mi cuarto por las noches. Pero por fin dejó de presionarme cuando vio que siempre encontraba una salida y que leía absorto *Los misterios de París* o *Los miserables* a la luz de un quinqué con una mecha diminuta. Leía todo lo que caía en mis manos y todo lo que leía me afectaba poderosamente, ya fueran las aventuras de Monsieur Lecoq o la historia de Murat Bey.

Por aquel entonces leí en un libro sobre la historia de Roma que contaba cómo, durante unas conversaciones de paz con unos enemigos, un embajador llamado Mucio Escévola había respondido a la amenaza de que lo matarían si no aceptaba las condiciones propuestas metiendo el brazo en un brasero que había junto a él. Se lo quemó hasta el codo mientras continuaba conservando la tranquilidad y demostraba así que no lo intimidarían con aquellas amenazas. Fascinado por aquella historia, se me ocurrió la idea de meter la mano en el fuego de igual manera con el deseo de probar si yo también poseía ese coraje; me provoqué unas quemaduras de bastante gravedad en los dedos, pero nunca me abandonó la imagen de aquel hombre que soportaba el mayor dolor conservando la sonrisa en el rostro. Durante un tiempo, yo mismo traté de escribir e incluso garabateé pequeños poemas, pero enseguida lo dejé. El miedo a verter al exterior de cualquier manera lo que tenía dentro de mí, aquella timidez absurda y gratuita, era un obstáculo para escribir. Con lo que sólo seguí pintando, porque con aquello no me parecía que estuviera mostrando algo de mi interior. Me daba la impresión de que dibujar consistía en plasmar el exterior en un papel, en ser una especie de vehículo. Cuando por fin me di cuenta de que no era así, también lo dejé. Todo por aquel temor...

Que pintar también era una forma de expresión, una expresión del interior, fue algo que aprendí por mí mismo, sin ayuda de nadie, en Estambul, en la Academia de Bellas Artes, así que dejé de asistir a clase. En realidad, los profesores no veían gran cosa en mí. De todo lo que esbozaba en casa o en el taller sólo era capaz de enseñar lo que tenía menos sentido y ocultaba con celo cualquier dibujo que expresara algo sobre mí, porque me avergonzaba mostrarlo en público. Si por casualidad uno de esos dibujos caía en manos de alguien, me azoraba como una mujer sorprendida desnuda en una situación íntima, y me ponía coloradísimo y huía de allí.

Estuve mucho tiempo vagando por Estambul sin saber qué hacer. Eran los años del armisticio y la ciudad me resultaba insoportablemente impúdica y caótica. Le pedí dinero a mi padre para volver a Havran. Unos diez días más tarde recibí una carta extensa. Era su último cartucho para hacer de mí un hombre de provecho.

Había oído en algún sitio que, a causa de la devaluación del marco, Alemania era bastante barata para los extranjeros y que incluso se podía vivir con menos dinero que en Estambul, así que me proponía que fuera allí para aprender «el oficio del jabón, particularmente el jabón de tocador» y me enviaba cierta cantidad para los gastos del viaje y demás. Estaba entusiasmado, no porque me interesara el arte de hacer jabón, sino porque me hubiera surgido en el momento más inesperado la oportunidad de ver Europa, pues me la había imaginado de mil y una maneras desde que era niño y era objeto de muchos de mis sueños. En su carta, mi padre me decía: «Si vuelves dentro de un par de años habiendo aprendido el oficio, nuestro negocio de jabones de aquí crecerá, prosperará, podré dejarte que lo administres y, una vez en el mundo de los negocios y con una profesión con la que ganarte el pan, tendrás una vida feliz y próspera.» Pero eso era lo último que yo tenía en la cabeza...

Mi intención era aprender una lengua extranjera, leer libros en ese idioma y, sobre todo, conocer en esa «Europa» a personas que hasta ahora sólo me había encontrado en las novelas. De hecho, ¿no era ésa una de las causas de mi aspereza y de que me mantuviera al margen de mi entorno, porque no hallaba en él a los personajes que había conocido en los libros y con los que me sentía identificado?

Hice los preparativos en una semana y salí hacia Berlín en un tren que atravesaría Bulgaria. No tenía ni idea de alemán. Gracias a las diez o doce palabras que memoricé de un libro de conversación durante los cuatro días de viaje pude llegar a la pensión cuyas señas había apuntado en mi cuaderno mientras todavía estaba en Estambul.

Me pasé las primeras semanas aprendiendo el idioma lo suficiente como para defenderme y paseando por la ciudad lleno de admiración ante todo lo que veía a mi alrededor. Pero la fascinación de los primeros días no duró demasiado. Al fin y al cabo no dejaba de ser otra ciudad más. Una ciudad con las calles algo más amplias, mucho más limpias y con unos habitantes más rubios. Pero tampoco tenía nada que me hiciera caerme de espaldas de admiración. No habría sabido decir cómo era la Europa de mi imaginación o por qué no la reconocía en la ciudad en la que ahora estaba viviendo, pero es que todavía no había comprendido que en la vida no hay nada tan maravilloso como lo que nos imaginamos.

Al darme cuenta de que no podría ponerme a trabajar si no sabía el idioma, empecé a recibir clases de un antiguo oficial que había estado en Turquía durante la Gran Guerra y había aprendido algo de turco. La patrona de la pensión se dedicaba a charlar conmigo en sus ratos libres y así colaboraba en mi aprendizaje. Los demás inquilinos también aprovecharon la ocasión de hacer amistad con un turco y me bombardeaban con preguntas tontas. El grupo que se reunía en torno a la mesa a la hora de la cena era bastante colorido. De entre ellos eran especialmente amigos míos Frau Van Tiedemann, una viuda holandesa, Herr Camera, un comerciante portugués que traía naranjas a Berlín desde las islas Canarias, y el anciano Herr Döppke. Este último había sido comerciante en la colonia alemana de Camerún, pero lo había dejado todo tras el armisticio para refugiarse en la madre patria. Llevaba una vida bastante modesta con el dinero que había podido salvar y se pasaba el día yendo a reuniones políticas, por aquel entonces muy numerosas en Berlín, y la tarde, contando sus impresiones. Muchas veces lo acompañaban militares alemanes que se habían quedado sin trabajo después de haber sido desmovilizados y con quienes discutía durante horas. Por lo que yo medio entendía, la salvación de Alemania dependía de que se pusiera al mando un hombre con una voluntad de hierro, como Bismarck, y de que empezara el rearme sin mayor dilación para iniciar así los preparativos de cara a una segunda guerra.

A veces, uno de los inquilinos de la pensión se marchaba y otro ocupaba enseguida la habitación libre. Pero con el tiempo me acostumbré e incluso empecé a aburrirme de aquellos cambios, de la lámpara eléctrica con pantalla roja encendida perpetuamente en el salón oscuro donde comíamos, de los variados olores a col que nunca faltaban a lo largo del día, de las discusiones políticas de mis compañeros de mesa... Especialmente de esas discusiones... Cada uno tenía sus propias ideas sobre cómo salvar Alemania. Pero en realidad ninguna tenía que ver con Alemania, sino con los intereses de cada uno de ellos. Una señora mayor, que había perdido su fortuna a causa de su afición a derrochar, se enfadaba con los militares, los militares culpaban de todo a los obreros en huelga y a los generales que no habían querido continuar la guerra, y el comerciante colonial de repente maldecía al emperador por haberla declarado. Incluso la chica que me arreglaba la habitación por las mañanas trataba de hablar conmigo de política y en sus ratos libres se lanzaba a la leer la prensa con avidez. Ella, a su manera, también tenía opiniones encendidas y cuando hablaba de ellas se ponía muy roja, apretaba el puño y lo sacudía en el aire.

Era como si se me hubiera olvidado para qué había ido a Alemania. Recordaba el asunto del jabón cuando recibía carta de mi padre y lo tranquilizaba, y a mí mismo también, contándole que todavía estaba ocupado aprendiendo el idioma y que pronto me presentaría en alguna empresa del ramo. Los días transcurrían idénticos unos a otros. Había visitado la ciudad entera, el zoológico, los museos... Me hundía en la desesperación pensar que había agotado en unos meses una ciudad de un millón de habitantes. Me decía: «¡Esto es Europa! ¿Y qué? Tampoco es para tanto», y concluía que, en esencia, el mundo era bastante aburrido. Por lo general, por las tardes paseaba por las grandes avenidas, entre la multitud, contemplando a gente que volvía a casa con el gesto serio propio de quienes han hecho algo muy importante, o bien a mujeres que, colgadas del brazo de algún tipo, lanzaban sonrisas a su alrededor con la mirada lánguida, y también a hombres cuya forma de caminar todavía conservaba el paso militar.

Para no mentirle del todo a mi padre, por mediación de unos amigos turcos, solicité empleo en una empresa de jabones de lujo. Los trabajadores alemanes de la fábrica, perteneciente a un grupo sueco, me recibieron bastante bien, mostrando el interés de quienes no han olvidado todavía a sus compañeros de armas, pero se resistían a enseñarme los aspectos más enigmáticos del oficio y que iban mucho más allá de lo que yo había aprendido observando a los empleados de nuestra fábrica de Havran, quizá porque los consideraban secretos de empresa.

O quizá lo hicieran porque no me vieron demasiado entusiasmado y no querían invertir esfuerzos en vano. Poco a poco dejé de ir a la fábrica, ellos no me preguntaron dónde estaba, se alargaron los intervalos entre las cartas de mi padre y yo seguí con mi vida en Berlín sin la menor idea de qué iba a hacer ni para qué había ido.

Tres tardes por semana, el antiguo oficial me daba clases de alemán. De día me dedicaba a visitar museos y las galerías nuevas de la ciudad, y, cuando regresaba por la noche, podía empezar a sentir el olor a col a cien pasos de la pensión. Sin embargo, la vida ya no me parecía tan aburrida como en los primeros meses. Había empezado a leer en alemán y cada vez lo disfrutaba más. Con el tiempo se convirtió en una especie de adicción. Me tumbaba boca abajo en la cama, abría un libro, ponía a mi lado un diccionario viejo y grueso y permanecía así horas. Muchas veces ni siquiera tenía la paciencia de consultar el diccionario y pasaba de una frase a otra dándoles sentido por contexto. Era como si ante mis ojos se desplegara un mundo completamente nuevo. Esos libros, al contrario que los de mi infancia y primera juventud, traducidos u originales, no hablaban únicamente de héroes, personajes extraordinarios y aventuras insólitas. En casi todos encontraba algo de mí mismo, de mi entorno, de lo que podía ver y escuchar. Me hacían pensar en cosas del pasado que en su momento no había comprendido, que no había visto a pesar de vivir entre ellas, y sentía que ahora cobraban su verdadero sentido. Los que más me impresionaron fueron los escritores rusos. Llegué a leerme de una sentada los voluminosos libros de relatos de Turguéniev. Uno de ellos, en concreto, me afectó durante días. La protagonista del relato titulado «Clara Milich» se enamora de un estudiante bastante inocente, pero no se lo cuenta a nadie y se convierte en víctima de su arrebatada pasión por la vergüenza que le supone amar a semejante obtuso. Por alguna razón, me sentí muy cercano a aquella mujer. El hecho de no ser capaz de decir lo que sentía, de ocultar lo mejor, lo más poderoso y más profundo de sí misma con un celo y una desconfianza terribles, me recordaba a mí.

También los grandes maestros de la pintura que descubría en los museos me daban por fin la oportunidad de enriquecer mi vida. Me ocurría que contemplaba durante horas un cuadro en la Galería Nacional y luego me pasaba días reviviendo en mi mente la misma cara o el mismo paisaje.

Estaba a punto de cumplirse un año de mi llegada a Alemania y un día, lo recuerdo perfectamente, un día lluvioso y oscuro de octubre, mientras hojeaba el periódico, me llamó la atención una crítica sobre una exposición de pintores emergentes inaugurada hacía poco. Yo no entendía demasiado a aquellos modernos. Puede que no me gustaran porque sus obras eran demasiado pretenciosas y su necesidad de llamar la atención a toda costa, de demostrar algo, me resultaban totalmente ajenas a mi carácter. En realidad, ni siquiera me leí el artículo. Pero unas horas más tarde, mientras daba mi paseo diario, que consistía en callejear sin rumbo por la ciudad, me di cuenta de que me encontraba ante el edificio que albergaba la exposición de la que hablaba el periódico. No tenía nada importante que hacer, así que, obedeciendo a un impulso casual, opté por entrar y me di una vuelta durante un buen rato, contemplando sin mucho interés todo tipo de cuadros, grandes y pequeños.

La mayor parte de las pinturas me daban ganas de reír. Rodillas y hombros angulosos, cabezas y pechos desproporcionados, paisajes naturales con unos colores tan intensos que parecían hechos con papel charol, jarrones de cristal tan amorfos como un pedazo de ladrillo roto, flores tan muertas como si llevaran años dentro de un libro y, por fin, retratos tan horribles que parecían sacados de un álbum de criminales... Al menos era divertido. Quizá fuera inevitable molestarse con aquella gente que pretendía hacer obras insignes invirtiendo tan poco esfuerzo. No obstante, pensando que aceptaban de buena voluntad y con un placer casi enfermizo el castigo de que nadie los entendiera y de resultar ridículos, no quedaba más remedio que sentir pena por ellos.

Entonces me detuve ante una pared próxima a la puerta de la sala principal. Me resulta imposible describir mis sentimientos de ese instante incluso después de tantos años. Recuerdo que, sencillamente, me quedé clavado delante del retrato de una mujer con un abrigo de piel. Otros visitantes me empujaban por la derecha y la izquierda conforme pasaban, pero yo era incapaz de moverme de donde estaba. ¿Qué tenía aquel retrato? No soy capaz de explicarlo, era sólo la expresión curiosa de la cara, un tanto salvaje, un tanto orgullosa y muy enérgica, como nunca le había visto antes a una mujer. A pesar de que desde el primer instante supe que no había coincidido en ningún sitio con aquel rostro u otro parecido, tuve la sensación de que no me era desconocido. Aquella cara pálida, aquellas cejas negras y los ojos también negros que asomaban por debajo de las mismas, aquel pelo castaño oscuro y, sobre todo, aquella expresión que unía la inocencia y la voluntad, un tedio infinito con una personalidad poderosa, jamás podrían resultarme extraños. Conocía a aquella mujer de los libros que leía desde los siete años y de los mundos imaginarios que me forjaba desde los cinco. Tenía algo de la Nihal de Halit Ziya, de la Mehcure de Vecihi Bey, de la amada del caballero Buridán, de Cleopatra, sobre quien había leído en los libros de historia, e incluso de Amine Hatun, la madre de Mahoma, a quien me imaginaba cuando se recitaba la vida del Profeta. Era un retrato compuesto, una mezcla de todas las mujeres de mi imaginación. Entre las pieles de gato montés se le veía parte del cuello que, a pesar de quedar en la sombra, era claramente de un blanco mate, y sobre él, un rostro ovalado y ligeramente vuelto hacia la izquierda. Sus ojos negros miraban a algún sitio como sumidos en reflexiones profundas e incomprensibles, como si estuviera buscando con su último aliento de esperanza algo que sabía con seguridad que no podría encontrar. Sin embargo, la amargura de su mirada se mezclaba con cierta arrogancia. Como si dijera: «Sí, no podré encontrar lo que busco. ¿Y qué?» Aquel gesto de descreimiento era evidente también en sus labios carnosos, el inferior un poco más carnoso que el superior. Tenía los párpados levemente hinchados. Las cejas no eran ni muy gruesas ni muy finas, pero sí un poco cortas. El cabello castaño oscuro le caía enmarcándole la frente, angulosa y bastante amplia, hasta mezclarse con el pelo de gato montés. La barbilla era puntiaguda y algo curvada hacia delante. Tenía la nariz larga y delicada y con las aletas ensanchadas.

Pasé las páginas del catálogo con manos temblorosas. Esperaba encontrar en ellas los detalles del cuadro. Casi al final, en la parte de abajo de la plana, a la altura del número del cuadro, pude leer estas tres palabras: Maria Puder, *Selbstporträt*. Nada más. Por lo visto, la artista tenía una única obra en la exposición: su autorretrato. Aquello me alegró un poco. Temía que otros cuadros de la misma mujer que había pintado aquel retrato maravilloso no tuvieran un efecto tan grande sobre mí, hasta el punto de que hicieran disminuir mi admiración inicial. Permanecí allí hasta tarde. De vez en cuando me daba una vuelta, miraba sin prestar atención los otros cuadros y rápidamente regresaba a él y me quedaba contemplándolo largo rato. Me daba la impresión de que cada vez que me acercaba descubría nuevas expresiones en su rostro y una vida que se iba desplegando poco a poco. Me parecía que los ojos, que miraban hacia abajo, me estaban observando con disimulo y que los labios se movían ligeramente.

No quedaba nadie en la sala. Sólo un tipo alto plantado junto a la puerta, que probablemente estaba esperando a que me marchara. Salí de mi aturdimiento y me apresuré a irme. Lloviznaba. Al contrario que todas las tardes, regresé a la pensión sin entretenerme por las calles. Estaba impaciente por cenar, retirarme a mi cuarto e imaginarme a solas aquel rostro. En la mesa ni siquiera hablé.

—¿Por dónde ha paseado hoy? —me preguntó Frau Heppner, la dueña de la pensión.

—Bah, me he dado una vuelta y luego me he pasado por una exposición de pintura moderna —respondí.

Los comensales iniciaron enseguida una conversación sobre el arte moderno y yo me retiré con discreción a mi cuarto.

Mientras me desnudaba, se me cayó el periódico del bolsillo de la chaqueta. Cuando lo cogí para dejarlo encima de la mesa, me dio un vuelco el corazón. Era el periódico que había comprado aquella mañana y en el que, sentado en un café, había visto la crítica acerca de la exposición. Lo abrí con tanta urgencia para saber qué decía el artículo sobre el cuadro y su autora que casi rasgué las páginas. Realmente estaba sorprendido ante semejante agitación en un hombre tan pausado y desapasionado como yo. Revisé con rapidez el artículo desde el principio. Hacia la mitad, mis ojos se quedaron clavados en las mismas palabras que había leído en el catálogo: Maria Puder...

El artículo se explayaba con aquella joven artista que exponía una obra por primera vez. Decía que la pintora, que, ante todo, pretendía seguir el camino de los clásicos, poseía una asombrosa capacidad expresiva, que carecía de la tendencia a «embellecer» o «afear deliberadamente» que suele verse en la mayoría de los artistas que pintan autorretratos. Tras muchas observaciones técnicas, se afirmaba también que la mujer del cuadro, desde el punto de vista de la postura y la expresión del rostro, así como debido a una extraña casualidad, tenía un parecido sorprendente con la figura de la Virgen María en la *Madona de las Arpías* de

Andrea del Sarto, y, deseándole mucho éxito a la que llamaba medio en broma la «Madona con abrigo de piel», pasaba a hablar de otro pintor.

Lo primero que hice al día siguiente fue ir a una tienda en la que vendían reproducciones de obras famosas y buscar la *Madona de las Arpías*. La encontré en un gran álbum de Del Sarto. La copia estaba bastante mal impresa y se perdían detalles, pero aun así le daba la razón al autor de artículo. La Madona, en alto con el Niño Dios apoyado en la cadera y con la mirada clavada en el suelo como si no prestara atención ni al hombre barbudo a su derecha ni al joven a su izquierda, guardaba un parecido muy notable con la mujer del cuadro que había visto el día anterior; el rostro y la leve inclinación de la cabeza, la misma expresión melancólica y resentida en la mirada y los labios. Como vendían aquella hoja del álbum por separado, la compré y regresé a mi habitación. Cuando la examiné con atención, concluí que la pintura tenía un carácter muy particular desde el punto de vista artístico. Era la primera vez en mi vida que veía una Madona así. En las representaciones de la Virgen que me había encontrado hasta entonces, ésta tenía una expresión de inocencia más acusada de lo necesario, a veces incluso llevada al absurdo. Normalmente parecía una niña pequeña que miraba el bebé que tenía en brazos como si dijera: «¿Habéis visto qué regalo me ha hecho Dios?» Otras veces, parecía una criada sonriendo desconcertada mientras clavaba la mirada en el hijo ilegítimo que había tenido con un individuo cuyo nombre no podía revelar. Sin embargo, en este cuadro de Del Sarto, María era una mujer que había aprendido a pensar, que se había formado un juicio sobre la vida y que había empezado a desdeñar el mundo. No miraba a los santos que la flanqueaban adorándola, ni al Mesías en su regazo, ni siquiera al cielo, miraba a la tierra y estaba claro que veía algo.

Dejé la reproducción sobre la mesa. Cerré los ojos y pensé en el cuadro de la exposición. Fue en ese momento cuando me di cuenta de que la persona representada en el lienzo existía en realidad. Por supuesto, la artista se había pintado a sí misma, con lo que aquella maravillosa mujer caminaba entre nosotros, volvía sus ojos negros y profundos al suelo o a quien estuviera ante ella, hablaba abriendo la boca mientras su labio inferior sobresalía ligeramente; en suma, estaba viva. Era posible encontrársela en cualquier sitio... Lo primero que sentí al pensar en aquella posibilidad fue un gran temor. Para un hombre como yo, que jamás había vivido una aventura amorosa, sería terrible encontrarse por primera vez con una mujer así.

A pesar de tener veinticuatro años, nunca había estado con una mujer. Los puntuales galanteos que había tenido en Havran, empujado por amigos del barrio mayores que yo, no pasaban de episodios de embriaguez cuyo significado me era imposible de comprender y que, por otro lado, era incapaz de repetir debido a mi naturaleza tímida. Para mí, la mujer era una criatura que fustigaba mi imaginación, que participaba en las mil peripecias que vivía cuando me tumbaba bajo un olivo los días cálidos de verano, alejada de cualquier materialidad, inalcanzable. Sin embargo, en mi imaginación había tenido relaciones, que muchas veces llegaban a lo impúdico, como con Fahriye, la vecina de la que había estado enamorado tantos años sin confesárselo a nadie. Cuando me la encontraba por la calle, se me desbocaba el corazón y la cara me ardía, así que acababa huyendo en busca de un lugar donde esconderme. Las noches de Ramadán me escapaba de casa y me apostaba frente a la de Fahriye para ver cómo iba con su madre a la oración, quinqué en mano, pero tan pronto como se abría la puerta y se veían los cuerpos envueltos en mantos negros a la luz amarillenta que se filtraba al exterior, volvía la cara a la pared y empezaba a temblar con el temor de que pudieran descubrir mi presencia.

Cuando una mujer me gustaba, mi primer impulso era salir corriendo. Si me la encontraba, temía que cada movimiento y cada mirada revelaran mi secreto, me convertía en el ser más miserable del mundo y me abrumaba una vergüenza indescriptible, casi asfixiante. No recuerdo haber mirado a los ojos a ninguna mujer en mi vida, ni siquiera a mi madre. Más tarde, y sobre todo durante la temporada en que viví en Estambul, me propuse combatir aquel pudor absurdo, e intenté comportarme de forma desinhibida con algunas jóvenes que conocí por mediación de mis amigos. Pero en el instante en que veía el menor interés por su parte, todas mis intenciones y mi voluntad salían volando por la ventana. Nunca fui una persona inocente: cuando me quedaba a solas con aquellas mujeres que cobraban vida en mi mente, vivía escenas que ni a los amantes más experimentados se les habrían ocurrido, sentía en mi boca la presión embriagadora de sus labios cálidos y palpitantes con mil veces más intensidad de la que podrían tener realmente.

Sin embargo, el retrato de la mujer con el abrigo de piel que había visto en la exposición me afectó tanto que ni siquiera me atrevía a tocarla en mi imaginación. No me refiero a recrear una escena de amor con ella, no era capaz ni de pensar en que nos sentáramos frente a frente, como dos amigos. Por otro lado, aumentaba mi deseo de ir a contemplar el cuadro, de sumergirme durante horas en aquellos ojos que estaba seguro de que no me miraban. Me puse el abrigo y me encaminé de nuevo a la exposición. Y eso es lo que hice durante días.

Iba cada tarde y paseaba despacio, como si mirara los cuadros de los pasillos, aunque a duras penas refrenaba mis pasos, que, con una enorme impaciencia, querían llegar al verdadero destino; me quedaba contemplando la «Madona con abrigo de piel», ante la que me detenía como si me hubiera llamado la atención por casualidad, y allí permanecía hasta que cerraban las puertas. Me daba cuenta de que a los vigilantes y a los pintores, muchos de los cuales acudían también a diario, mi cara les resultaba ya familiar. En cuanto entraba, una sonrisa cruzaba sus rostros y sus miradas seguían un buen rato a aquel extraño aficionado a la pintura. Los últimos días incluso dejé de interpretar la comedia de detenerme ante otros cuadros. Iba directamente a la mujer con el abrigo de piel, me sentaba en uno de los bancos de enfrente y clavaba la vista en lo que había ante mí, hasta que, cuando me cansaba de mirar, la bajaba al suelo.

Era evidente que mi actitud acabaría por despertar la curiosidad de los que frecuentaban la exposición. Al fin, un día ocurrió lo que me temía. Se me acercó una joven con la que había coincidido varias veces en la sala, de pelo largo, vestida de negro y con un pañuelo enorme en el cuello, de la que se deducía que también era pintora por su forma de hablar con los demás.

—¿Tanto le interesa este cuadro? ¡Viene todos los días a verlo! —me dijo.

Levanté la mirada a toda prisa, pero volví a bajarla de inmediato. Su sonrisa, excesivamente familiar y un poco sarcástica, me alteró mucho. Llevaba unos zapatos de puntera fina que me miraban a un paso de distancia como si estuvieran esperando una respuesta. Las piernas, que surgían bajo una falda corta y que no voy a negar que estaban realmente bien torneadas, experimentaban una ligera tensión de vez en cuando y llevaban por todo el cuerpo una dulce ola que se extendía por debajo de las medias y que nacía en las rodillas regordetas.

—Sí —contesté, al ver que no tenía la menor intención de irse sin obtener una respuesta—. Bonito cuadro... —Luego, no sé por qué, sentí la necesidad de mentir, de dar algún tipo de explicación, y susurré—: Se parece mucho a mi madre...

—Ah, así que por eso viene y se queda horas mirándolo.

—¡Sí!

—¿Ha fallecido su madre?

—¡No!

Guardó silencio como esperando que continuara. Así que, con la cabeza siempre gacha, añadí:

—Está muy lejos.

—Vaya. ¿Dónde?

—En Turquía.

—¿Es usted turco?

—Sí.

—¡Sabía que era extranjero!

Soltó una breve carcajada y se sentó a mi lado con actitud relajada. Al cruzarse de piernas, la falda se le abrió hasta las rodillas y me di cuenta de que, como siempre, se me subían los colores. Eso pareció divertirla todavía más.

—¿Es que no tiene ningún retrato de su madre?

Su curiosidad innecesaria me estaba agobiando. Me daba cuenta de que lo hacía simplemente por reírse de mí. Los pintores nos observaban de lejos y estaba claro que sonreían con malicia.

—Sí, pero ¡éste es distinto!

—Ah, así que éste es distinto —dijo, y estalló en otra breve carcajada.

Hice ademán de levantarme e irme. Ella lo notó.

—No se moleste, yo ya me iba —dijo—. Le dejo a solas con su madre.

Se puso en pie y dio unos pasos. Luego se detuvo de repente y volvió a acercarse. Con un tono serio e incluso un poco triste que no se parecía en absoluto al que había utilizado hasta entonces, me preguntó:

—¿De verdad le gustaría que su madre fuera así?

—Sí... ¡Y no sabe cuánto!

—Vaya.

Dio media vuelta y se alejó con pasos rápidos y juveniles. Levanté la cabeza para mirarla. El pelo corto le golpeaba la nuca y, como tenía las manos metidas en los bolsillos de la chaqueta, el traje de corte estrecho que llevaba se le pegaba al cuerpo y dibujaba sus formas.

Me sentí muy desconcertado al pensar en cómo había dejado al descubierto mi mentira con su última frase. Me puse en pie de inmediato y me precipité a la calle sin atreverme a mirar a mi alrededor.

Tenía la sensación de haberme despedido de alguien con quien había hecho amistad en un viaje y de quien me había visto obligado a separarme demasiado pronto. Sabía que no podría volver a poner un pie en la exposición. La gente, la gente incapaz de comprender a sus semejantes, me alejaba también de allí.

De camino a la pensión, me puse a pensar en lo que me esperaba allí. Volverían la monotonía, los planes para la salvación de Alemania en la cena o las quejas de la gente de clase media que lo había perdido todo por culpa de la inflación, y yo me encerraría en mi cuarto con los relatos de Turguéniev o Theodor Storm. Me di cuenta del sentido que había empezado a tener mi vida las dos últimas semanas y de lo que significaba perderlo. Una posibilidad, una posibilidad cuya existencia ni me habría atrevido a suponer se había presentado en una vida como la mía, vacía y absurda, y luego, de súbito, tan repentina e inmotivadamente como había aparecido, se había esfumado. Sólo ahora lo comprendía. Desde que tenía uso de razón me había pasado los días, sin saberlo y sin reconocerlo, buscando a una única persona y por eso había huido de todas las demás. El cuadro me había hecho creer por un momento que era posible encontrar a esa persona que buscaba, e incluso que podía estar muy cerca de mí, y había despertado en mi interior una esperanza que era imposible aletargar de nuevo. Por eso, la desilusión que había sufrido esta vez era tan grande. Me alejé aún más de mi entorno, me encerré en mí mismo. Pensé en escribir a mi padre y anunciarle que quería regresar, pero si me preguntaba qué había aprendido en Europa, ¿qué iba a contestarle? Decidí quedarme unos meses más y en ese tiempo adquirir suficientes nociones sobre producción de «jabón de tocador» como para satisfacerlo. Volví a presentarme a la misma empresa sueca y, aunque me recibieron con mayor desafecto, me readmitieron y empecé a acudir con regularidad a la fábrica. Anotaba con cuidado en un cuaderno las fórmulas y los métodos que aprendía y me aprovisioné de libros sobre la profesión e intenté leerlos.

Mi amistad con Frau Van Tiedemann, la viuda holandesa de la pensión, también se fortaleció. Me prestaba las novelas infantiles que compraba para su hijo de diez años, interno en un colegio, me las hacía leer y me preguntaba la opinión. Algunas noches, después de cenar, iba a mi habitación con cualquier pretexto y se sentaba a charlar conmigo un buen rato. La mayor parte de las veces intentaba sonsacarme qué tipo de aventuras había vivido con las jóvenes alemanas, y cuando le contestaba la verdad, me miraba a los ojos y sacudía el índice con una sonrisa pícara como queriendo decir «¡Eres un granuja!». Una tarde me propuso ir a dar un paseo y cuando volvíamos a la pensión, ya de noche, insistió en que nos parásemos en una cervecería. Estuvimos bebiendo hasta bien entrada la noche sin darnos cuenta. Aunque había bebido cerveza algunas veces desde mi llegada, nunca lo había hecho como en esa ocasión. Recuerdo que en cierto momento el salón entero empezó a darme vueltas y que perdí el equilibrio y caí en el regazo de Frau Van Tiedemann. Cuando volví en mí, un rato después, la bondadosa viuda me estaba refrescando la cara con un pañuelo que había hecho humedecer a los camareros. Le pedí que volviéramos a la pensión enseguida. Insistió en pagar ella la cuenta. Cuando salimos noté que se balanceaba tanto como yo. Avanzábamos del brazo, chocando con los otros viandantes. Como era cerca de la medianoche, las calles no estaban demasiado transitadas. En una de éstas, nos ocurrió algo extraño al ir a cruzar. Cuando alcanzamos la otra acera, Frau Van Tiedemann tropezó; la mujer, un tanto regordeta, se agarró a mí para no caer pero, como era más alta que yo, acabó rodeándome el cuello con los brazos. Sin embargo, aunque ya había recuperado el equilibrio, no me soltaba y cada vez me estrechaba con más fuerza. No sé si sería por efecto de la borrachera o qué, pero yo también olvidé mi vergüenza y me abracé a ella con todas mis fuerzas. De repente sentí en la cara los labios ansiosos de esa mujer de treinta y cinco años. Aquella manifestación de afecto desbordante se extendió dentro de mí como un perfume denso pero agradable junto con la calidez de su aliento. Los que pasaban a nuestro alrededor nos felicitaban entre risas. Entonces mi mirada se posó en una mujer que venía en nuestra dirección y que en ese momento pasaba por debajo del poste eléctrico que había a unos diez pasos. Sentí que todo mi cuerpo empezaba a temblar con una emoción indescriptible. Al notarlo, Frau Van Tiedemann, que seguía abrazada a mí, se animó todavía más y me cubrió el cabello de besos. Pero yo intentaba liberarme porque quería ver a la mujer que se nos acercaba. Era ella. La cara, que sólo entreví por un instante, restalló en mi mente nublada como un relámpago. Era la mujer del retrato que había visto en la exposición, con su abrigo de piel de gato montés, su cara pálida, sus ojos negros y su larga nariz, era la «Madona con abrigo de piel». Caminaba ajena a lo que la rodeaba, con aquel gesto triste y hastiado que la caracterizaba. Al vernos se sorprendió y por un momento nuestras miradas se encontraron. Vi que pasaba por sus ojos algo parecido a una sonrisa. Sufrí una sacudida, como si me hubieran dado un latigazo. A pesar de la borrachera comprendía perfectamente el desastre que suponía que ése fuera nuestro primer encuentro y lo que revelaba su sonrisa acerca de la primera impresión que se había formado de mí. Por fin me liberé de los brazos de Frau Van Tiedemann. Eché a correr para alcanzar a la «Madona con abrigo de piel». Llegué hasta la esquina sin saber qué iba a hacer ni qué le diría. Había desaparecido. Estuve varios minutos mirando a mi alrededor, pero allí no había nadie. Frau Van Tiedemann se me acercó y me preguntó: «¿Qué te ha pasado? Dime, ¿qué te ha pasado?» Me cogió del brazo y empezó a arrastrarme hacia la pensión. Por el camino, apretaba el cuerpo contra mi brazo y se inclinaba hacia mí. Su aliento cálido empezaba a resultarme insoportable, asfixiante. Aun así, no me resistía. En mi vida nunca había aprendido a resistirme a nadie. Lo único que conseguía era huir, pero eso tampoco podía hacerlo ahora. Me atraparía antes de que pudiera dar tres pasos. Además, la coincidencia de hacía un instante me había aturdido. Aprovechando que se me estaba pasando la borrachera, intenté razonar como es debido y recordar aquellos ojos que se habían clavado, sonrientes, en los míos hacía unos minutos. Pero ahora todo aquello me parecía un sueño. No, no la había visto. No era posible que me la hubiera encontrado en semejante situación. Todo aquello no eran más que pesadillas provocadas por los abrazos de la mujer que iba conmigo, por sus besos, por ese aliento que me recorría el rostro... Me habría gustado llegar cuanto antes a la pensión, tumbarme en mi cama, dormirme de inmediato y deshacerme de esas fantasías absurdas, pero Frau Van Tiedemann no tenía la menor intención de soltarme. Según nos íbamos acercando a la casa, sus atenciones iban haciéndose más entusiastas y su brazo me agarraba con más fuerza, embravecido por la pasión insatisfecha.

En la escalera volvió a lanzarse a mi cuello, pero logré escabullirme y salí disparado hacia arriba. Ella corría detrás de mí haciendo temblar la escalera bajo el peso de su corpachón, resollando como si se asfixiara. Mientras intentaba meter la llave en la puerta de mi habitación apareció en el otro extremo del pasillo Herr Döppke, el que había sido comerciante colonial. Avanzaba con lentitud. Que no se hubiera acostado a esas horas quería decir que nos había estado esperando, y respiré aliviado; todos los habitantes de la pensión sabíamos que alimentaba tiernos deseos por aquella viuda adinerada que se encontraba en la etapa más fogosa de su feminidad. De hecho, se comentaba que tampoco ella era del todo ajena a aquellos sentimientos sinceros y que tenía sus propios métodos para seducir y camelar a aquel solterón que, aunque pasaba de los cincuenta, conservaba su vigor intacto. Cuando se toparon en el pasillo, ambos dudaron por un instante. Yo me metí en mi habitación rápidamente y cerré por dentro. Fuera empezó una conversación en susurros que continuó un buen rato. Por lo poco que entendía, respuestas inocuas contestaban preguntas discretas y producían un efecto tranquilizador en aquellos oídos dispuestos a creer. Poco después, los susurros, acompañados por el sonido de unos pasos, se alejaron hacia el otro extremo del pasillo y desaparecieron.

Me quedé dormido en cuanto me acosté. Hacia el amanecer me oprimieron unos sueños inquietantes; la mujer del abrigo de piel me salía al paso de diferentes maneras y me torturaba con aquella sonrisa extraordinaria pero aplastante. Me habría gustado decirle algo, contarle lo que había ocurrido, darle explicaciones, pero no era capaz. La expresión severa de sus ojos negros me cerraba la boca. Y yo, al ver que me condenaba con un juicio inapelable, me angustiaba todavía más y caía en una profunda desesperación. Me desperté antes de que clareara. Me dolía la cabeza. Encendí la lámpara e intenté leer. Las líneas se borraban ante mis ojos y en medio de las páginas en blanco, entre brumas, se hacían visibles dos ojos negros que se reían en silencio pero con ganas de mi miseria. Era incapaz de calmarme aunque sabía que lo que había visto durante la noche anterior sólo había sido un sueño. Me levanté, me vestí y salí a la calle. Era la típica mañana berlinesa, fría y húmeda. Por las calles no había más que niños que, con sus carretillas, llevaban a las casas leche, mantequilla y panecillos. En las esquinas, unos cuantos policías se dedicaban a arrancar y rasgar carteles revolucionarios que alguien había pegado durante la noche. Seguí la ribera del canal hasta llegar a Tiergarten. Sobre las aguas mansas se deslizaban dos cisnes, tan inmóviles como juguetes. La hierba y los bancos del parque estaban empapados.

En uno de los bancos había un periódico, arrugado porque alguien lo había usado para sentarse en él, y también unas horquillas. Al verlas recordé lo que había ocurrido la noche anterior. Probablemente a Frau Van Tiedemann también se le habían caído algunas horquillas en la cervecería y por el camino, y ahora era bastante posible que estuviera durmiendo plácidamente junto a su veterano vecino de cuarto, Herr Döppke, sin estimar oportuno pasar a su propia habitación antes de que las criadas se levantaran.

Fui a la fábrica más temprano que de costumbre y saludé amistosamente al portero. Me proponía entregarme al trabajo con los cinco sentidos y así librarme de las fantasías que había traído consigo la ociosidad. Junto a las calderas en que se añadía esencia de rosas al jabón, tomé notas detalladas. Apunté en qué fábricas se producían las prensas con las que se grababa la marca en las pastillas de jabón. Me veía ya como director de una jabonería enorme y moderna con sede en Havran y me imaginaba cómo se distribuirían por toda Turquía aquellos jabones de color de rosa, en forma de huevo, envueltos en papel suave y perfumado y con el sello de «Mehmet Raif / Havran».

Poco antes de mediodía me di cuenta de que mi angustia había disminuido y empezaba a ver la vida con otros ojos. Tenía claro que me mortificaba con cosas absurdas y le echaba toda la culpa a mi imaginación por encerrarme en mí mismo y forjarme quimeras. Pero estaba decidido a cambiar. Y también leería menos, excepto cuando se tratara de libros técnicos. ¿Por qué razón no iba a ser feliz alguien como yo, el hijo de un potentado?

Los olivares de mi padre, las dos fábricas de Havran y la jabonería me estaban esperando. Compraría las participaciones de mis hermanas mayores, ambas casadas con maridos ricos, y viviría como un respetable comerciante en mi región. El enemigo había sido expulsado de la patria, el ejército nacional había liberado Havran. En sus cartas, mi padre se mostraba entusiasta y encadenaba, una detrás de otra, frases patrióticas. Incluso los que no estábamos allí habíamos organizado una gran reunión en la embajada y habíamos saboreado la emoción de la victoria. De vez en cuando, dejando a un lado mi silencio habitual, ofrecía consejos a Herr Döppke y a los militares ociosos que lo acompañaban sobre cómo podía salvarse Alemania basándome en lo que sabía de la campaña de Anatolia. Así las cosas, me decía que nada debía angustiarme. ¿Qué importancia podían tener en mi vida una pintura sin sentido —y aunque lo tuviera— o una novela basada en unos hechos imaginarios? No, esta vez iba a cambiar...

No obstante, me sobrevino una tristeza inexplicable cuando llegó la tarde y oscureció. Decidí cenar fuera para no encontrarme a la mesa con Frau Van Tiedemann y me bebí dos jarras de cerveza. Pero a pesar de todos mis esfuerzos no recuperaba el optimismo que había sentido durante el día. Era como si en el corazón tuviera algo atascado y reprimido. No tardé en pagar la cuenta con la esperanza de que si tomaba el aire me libraría de aquel estado mental tan desastroso. Fuera lloviznaba y el cielo estaba cubierto. Era posible ver en las nubes bajas sobre nuestras cabezas el reflejo rojizo de las innumerables luces de la ciudad. Llegué a una avenida amplia y larga llamada Kurfürstendamm. Allí el cielo adquiría una luminosidad total, incluso las gotas de lluvia que caían desde cientos de metros de altura tenían un color anaranjado. Ambos lados de la avenida estaban ocupados por casinos, cines y teatros. La gente paseaba por las aceras a pesar de la lluvia. Yo caminaba lentamente absorto en pensamientos desordenados e inconexos. Era como si quisiera alejar una idea que insistía en acudir a mi mente. Leía todos los letreros, prestaba atención a todos los anuncios luminosos. Así recorrí varias veces aquella avenida que se extiende a lo largo de varios kilómetros. Luego giré a la derecha y me encaminé hacia la plaza de Wittenberg.

Allí, en la acera, delante de unos grandes almacenes llamados KaDeWe, un grupo de muchachitos con las caras pintarrajeadas como si fueran mujeres y pavoneándose sobre sus altas botas rojas miraba provocadoramente a los transeúntes. Saqué el reloj. Pasaban de las once. ¡Qué tarde era ya! Aceleré el paso y me dirigí a la plaza de Nollendorf, cerca de allí. Ahora sabía perfectamente adónde iba. Allí era donde la noche anterior justo a esa hora me había tropezado con la «Madona con abrigo de piel». La plaza estaba desierta. Un policía patrullaba por delante de un gran teatro en el extremo sur. Me metí por una calle en el lado opuesto y llegué al lugar en el que Frau Van Tiedemann y yo nos habíamos abrazado la víspera. Clavé la mirada bajo el poste eléctrico que había más allá como si de repente fuera a aparecer la persona que buscaba. Aunque me había convencido a mí mismo de que todo era sólo un sueño, una fantasía de mi mente embriagada, allí estaba, buscándola a ella, o quizá a su espectro. El edificio de mentiras que había estado levantando desde aquella mañana se había derrumbado y, en su lugar, quedaba un solar vacío en el que yo no era más que un juguete de mi imaginación y de mi mundo interior, tan alejado de la realidad como siempre.

En ese momento vi que alguien cruzaba la plaza en dirección a la calle en la que me hallaba. Me oculté en uno de los zaguanes y esperé. Cuando asomé la cabeza para mirar, reconocí a la mujer del abrigo de piel, que se acercaba con pasos cortos y ágiles. No era posible que también esta vez estuviera equivocado. No estaba borracho. El sonido seco de sus pasos rebotaba en las casas que flanqueaban la calle desierta. El corazón empezó a latirme de una forma desbocada y me dolía como si fuera a desintegrarse. Los pasos se acercaban. Di la espalda a la calle y me puse a toquetear la puerta. Me incliné fingiendo que iba a abrirla y a entrar. Cuando los pasos me alcanzaron, tuve que apoyarme en la pared y hacer un esfuerzo enorme para no caerme redondo ni gemir. La mujer continuó su camino, y entonces yo salí de mi escondrijo y empecé a seguirla de cerca por miedo a perderla de vista de nuevo. No le había visto la cara. A pesar del temor que me provocaba encontrarme con ella, caminaba sólo a cinco o seis pasos de distancia. Ella no parecía haberlo notado. ¿Por qué había ido hasta allí y la había estado esperando cuando, ante la posibilidad de que me viera, me había metido en el primer escondrijo que había encontrado? ¿Por qué la seguía ahora? ¿Era ella? ¿De dónde había sacado que una mujer que cruza por una calle a las tantas de la noche tenía que pasar obligatoriamente por el mismo lugar a la noche siguiente? No sabía cómo responder a ninguna de esas preguntas. Iba tras ella cada vez más nervioso, con el pulso acelerado, pues continuaba siendo posible que se diera la vuelta y me viera. Avanzaba con la cabeza gacha, sin ver otra cosa que la acera, siguiendo el sonido de sus pasos en el asfalto. De repente el sonido cesó. Me quedé parado donde estaba. Incliné aún más la cabeza y esperé como un condenado. Nadie se me acercó, nadie me preguntó: «¿Por qué me seguía?» Sólo unos segundos después reparé en que el lugar donde me encontraba estaba más iluminado que el resto de la calle.

Levanté lentamente la mirada. Allí no había ninguna mujer ni se veía a nadie. Unos metros más allá había un cabaret bastante famoso con la entrada iluminada. Sobre un panel enorme que se proyectaba hacia la calle, la palabra «ATLANTIK», escrita con bombillas azules, se encendía y se apagaba, y por debajo de ella, también con bombillas, se dibujaban unas formas que recordaban las olas del mar. Un hombre de unos dos metros de altura que había en la puerta y que vestía un traje con lentejuelas y gorra roja me invitó a pasar con una inclinación de cabeza. Comprendí que ella se había metido en el local y me acerqué a él sin dudar.

—¿Ha entrado hace un instante una mujer con un abrigo de piel?

El portero se inclinó de nuevo y, con una sonrisa muy significativa, respondió:

—Sí.

De repente se me pasó por la cabeza que la mujer bien podía ser una clienta habitual. Así lo indicaba el hecho de que todas las noches acudiera a la misma hora. Aliviado, respiré profundamente, me quité el abrigo y entré.

El local estaba muy concurrido. En medio, a un nivel más bajo, había una pista de baile circular, enfrente una orquesta y alrededor, hileras de palcos a oscuras. Más de la mitad de ellos tenían las cortinas echadas; de vez en cuando las parejas que los ocupaban salían a bailar a la pista, luego regresaban al palco y volvían a correr las cortinas. Me dirigí a una mesa que parecía estar libre y me senté. Pedí una cerveza. Se me habían pasado las palpitaciones. Me tomé mi tiempo mientras miraba a mi alrededor. Albergaba la esperanza de encontrármela, a ella, a la mujer del abrigo de piel, a la que me quitaba el sueño desde hacía semanas, en una de aquellas mesas con algún canalla, joven o viejo, para así librarme de mis ensoñaciones vacías cuando viera cómo se vendía la mujer a la que yo había dado una importancia tan grande y un significado tan profundo. No estaba en las mesas que rodeaban la pista de baile. Probablemente habría ido a uno de los palcos. Me di cuenta de que sonreía con amargura. Me dolía no ser capaz de ver a la gente como realmente era. Aunque tenía veinticuatro años, todavía no me había librado de la inocencia de la niñez. ¡Qué impresión tan intensa me había provocado un sencillo cuadro, que quizá ni siquiera era bonito! ¡Cuánta esperanza había despertado en mí! Le había otorgado a esa pálida cara humana significados como para llenar libros, había encontrado en ella cualidades que nunca había tenido. Sin embargo, como tantas otras mujeres jóvenes, ella corría tras el placer en lugares de diversión como ése. Y el abrigo de piel que yo había contemplado con tanta reverencia probablemente era el pago por sus servicios.

Decidí identificar a los ocupantes de los palcos con las cortinas corridas deteniéndome a mirarlos uno por uno; media hora después había memorizado a todas las parejas fogosas de aquellos rincones íntimos. Estaba claro que la mujer del abrigo de piel no se encontraba en ninguno de ellos. Aun a riesgo de llamar la atención de todo el mundo, miraba atentamente al interior de los palcos cuando las cortinas se abrían. Nadie se quedaba sentado sin salir a bailar, fueran sus ocupantes parejas o personas solas.

Volví a caer en una duda amarga. ¿Acaso me habían engañado los ojos también esa noche? ¿Es que sólo una mujer en todo Berlín llevaba un abrigo así? En realidad, no le había visto la cara. ¿Era posible que reconociera por su manera de andar a la mujer que me había clavado una mirada sarcástica la noche anterior mientras estaba borracho como una cuba? Vayamos por partes, ¿de verdad la había visto la víspera? ¿O no había sido más que un sueño, tal como me había dicho a mí mismo aquella mañana? Empecé a tenerme miedo. ¿Qué me estaba pasando? Que me afectara tanto un cuadro... Creerme que de noche me saldría al paso la misma persona, y ponerme luego a perseguir a una mujer cualquiera basándome en el sonido de sus pasos y en las pieles que vestía... Tenía que salir de allí de inmediato y recuperar el control sobre mí mismo.

De repente la sala se oscureció. Sólo la orquesta permanecía alumbrada por una luz tenue. La pista de baile se vació e inmediatamente empezó a sonar una melodía lenta. De entre los instrumentos emergieron las notas delicadas de un violín. El sonido se intensificaba poco a poco. Una joven, con un vestido de noche blanco muy escotado, apareció mientras seguía tocando el violín. Empezó a cantar una de las canciones de moda por entonces con su voz grave, casi masculina, semejante a la de un contralto. Un proyector iluminaba a la artista, dibujando un óvalo de luz en el suelo.

La reconocí al instante. Por fin se disipaban mis dudas, esas mil y una suposiciones absurdas. Volví a estremecerme. Me causó una aflicción indescriptible que trabajara allí y se viera obligada a lanzar a su alrededor sonrisas forzadas y a coquetear sin ganas.

Podría haberme imaginado a la mujer del cuadro en cualquier situación, incluso pasando de unos brazos a otros, pero nunca se me habría ocurrido que la vería de esa manera. Esa visión tan patética no encajaba con la mujer orgullosa, sobria y de firme voluntad que había avivado en mi mente.

«Habría preferido verla bebiendo con hombres hasta emborracharse, bailando con ellos y besándolos, como me la imaginaba hasta hace un momento», pensé. Porque al menos lo haría por propia voluntad, aunque fuera en un arrebato o para olvidarse de sí misma. Lo que estaba claro es que nunca había pretendido hacer lo que estaba haciendo en ese momento. No había nada extraordinario en su forma de tocar el violín, pero su voz resultaba hermosa y conmovedora. Entonaba las canciones con un quejido tembloroso, como si salieran de los labios de un adolescente borracho. Su sonrisa era un parche en medio de la cara y parecía estar esperando la menor oportunidad para desaparecer; de hecho, durante los instantes que tardaba en ir de una mesa a otra, después inclinarse sobre los clientes y derramar sus lánguidas tonadas, su rictus se tornaba serio y adoptaba la misma expresión que había contemplado en el cuadro. Nada en el mundo me resulta más doloroso que ver a una persona de naturaleza taciturna obligándose a sonreír. Un joven borracho, que estaba sentado a una de las mesas a las que se había acercado, se levantó lentamente de la silla y la besó en la espalda desnuda. Como si le hubiera picado una víbora, su rostro se contrajo en una mueca y un escalofrío le recorrió el cuerpo, aunque fue algo muy breve, puede que durara menos de una fracción de segundo. Entonces se incorporó, miró al hombre con una sonrisa y pude ver que con los ojos trataba de decirle: «Oh, ¡qué bonito esto que ha hecho!» Luego le dirigió una mirada a la acompañante del joven, que parecía irritada por su conducta, y asintió con la cabeza en un gesto que significaba: «No se lo tenga en cuenta, señora, ¡a los hombres les está permitido hacernos este tipo de cosas!»

Después de cada actuación se oían algunos aplausos y, con la cabeza, ella le indicaba a la orquesta que tocara otra pieza. Entonces entonaba la nueva canción con la misma voz profunda y llena de amargura, e iba de mesa en mesa arrastrando los pies por el parquet bajo el vestido blanco. Apoyaba la barbilla en el violín y paseaba por las cuerdas unos dedos no demasiado hábiles ante parejas borrachas que se abrazaban y frente a palcos con las cortinas corridas, y en cuyo interior no se sabía qué pasaba.

Al ver que se acercaba a mi mesa me puse muy nervioso. No sabía cómo mirarla ni qué hacer. Luego me reí de mí mismo. ¿Cómo iba a reconocer a un hombre que había visto a medianoche en una calle oscura? ¿Qué podía ser yo para ella sino otro joven cualquiera, otro cliente que iba en busca de diversión y compañía? Sin embargo, incliné la cabeza y vi el dobladillo sucio del vestido que arrastraba por el suelo y, sobresaliendo, la punta de un zapato blanco y abierto. No llevaba medias. En el empeine, sobre el nacimiento los dedos, se distinguía una pequeña franja de piel rosada a pesar de la pálida luz blanca del foco. Cuando mi mirada se posó en ella me estremecí como si hubiera visto todo su cuerpo desnudo y levanté la vista avergonzado. Ella me miraba fijamente. No cantaba, sólo tocaba el violín. De su cara había desaparecido aquella sonrisa postiza. Cuando nuestras miradas se encontraron, sus ojos me saludaron amistosamente. Sí, sin una efusividad exagerada, sin una sonrisa burlona, me saludó como a un viejo amigo. Lo hizo parpadeando una sola vez, pero de una forma tan explícita que no daba lugar a dudas. Luego sonrió. Sonrió con una sonrisa que se extendía por toda su cara, abierta, limpia, sin doblez. Sonrió como se sonríe a un viejo amigo... Continuó tocando un poco más y después de dedicarme otra mirada afable y un ademán con la cabeza, se encaminó hacia otras mesas.

Sentí un deseo inmenso de levantarme de un salto, abrazarla y besarla entre sollozos. No recordaba haber sido tan feliz en toda mi vida; sentía el corazón henchido. ¿Cómo era posible que una persona reconfortara tanto a otra sin apenas hacer nada? Un saludo amistoso y una sonrisa sincera... No me hacía falta nada más en ese momento. Era el hombre más rico del mundo. La seguía con la mirada y murmuraba: «¡Gracias, gracias!» Me sentía muy contento de que hubiera resultado cierto todo lo que había pensado al contemplar el cuadro en la exposición. Era exactamente igual a como me la imaginaba. De otro modo, ¿me habría mirado con esa calidez, me habría saludado como a un viejo amigo?

En un momento dado me asaltó una duda. «¿Y si me ha tomado por otro? —me dije—. O puede que me haya saludado por si acaso, porque le suena mi cara aunque no es capaz de recordar de qué me conoce, ya que anoche me vio en la calle en un estado bastante deplorable.» Sin embargo, en su expresión no había el menor atisbo de duda, ni siquiera un leve ensimismamiento que indicara que estaba rebuscando en la memoria. Me miró a los ojos con seguridad y sonrió. Fuera como fuese, aquella muestra de simpatía bastaba para convertirme en la persona más feliz del mundo. Sentado a mi mesa, con esa sonrisa insolente y confiada de quienes están satisfechos de sus vidas, miraba al frente, a mi alrededor y a la joven que en ese momento estaba en la otra punta de la sala. El pelo, oscuro, ondulado y corto, le caía sobre la nuca. Cuando movía los brazos desnudos, desplazaba ligeramente la cintura a derecha e izquierda y los músculos de la espalda se estremecían de una forma casi imperceptible.

Tras la última canción, desapareció con pasos rápidos por detrás de la orquesta y las luces volvieron a encenderse. Absorto en el goce de mi felicidad, me quedé en suspenso durante un rato, sin pensar en nada.

Luego me pregunté: «Y ahora, ¿qué hago?» ¿Se suponía que debía salir y esperarla en la puerta? ¿Con qué objetivo? Y si, aunque no habíamos cruzado una palabra, le salía al paso y le decía: «¿Puedo acompañarla a su casa?» ¿Qué pensaría de mí? ¿Tenía intención de corresponder a esa pizca de interés que había demostrado por mí con una frase de donjuán de tres al cuarto?

Decidí que lo más galante era sin duda marcharme y volver allí al día siguiente. Nuestra amistad podría ir avanzando poco a poco. Ya era demasiado para una sola noche. De hecho, desde pequeño me había dado miedo malgastar la felicidad y siempre había querido guardar un poco para más tarde. Lo cierto es que aquello había sido el motivo de que perdiera muchas oportunidades, pero siempre sentía algún recelo, como si fuera a ahuyentar la buena fortuna si pretendía abarcar demasiado.

Miré a derecha e izquierda buscando un camarero, pero mis ojos se toparon con la mujer que se dirigía a la sala cruzando entre la orquesta. Ya no llevaba el violín. Avanzaba muy rápido. Al ver que se acercaba, miré a mi alrededor. Venía hacia mí, a mi mesa. Sonreía afablemente, como antes. Se detuvo ante mí y tendiéndome las manos, dijo:

—¿Cómo está usted?

Sólo en ese momento pude librarme un poco de mi asombro y se me ocurrió ponerme en pie.

—Bien, muchas gracias.

Se sentó frente a mí. Movió la cabeza para echar hacia atrás el pelo que le caía sobre las mejillas.

—Parece que está enfadado conmigo —dijo, y me clavó la mirada.

Me quedé estupefacto. Como no entendía a qué se refería, me vinieron a la cabeza un sinfín de posibilidades inconexas.

—No —respondí—. ¿Por qué dice eso?

La voz no me resultaba desconocida. Me sabía de memoria las líneas de su rostro e incluso me parecía leer en ellas más de lo que en realidad expresaban. Me había grabado en la mente el autorretrato después de observarlo durante días y luego había completado aquella imagen con el cuadro de la *Madona de las Arpías*. Pero la voz... Probablemente la había oído en algún sitio. Quizá hacía mucho tiempo, en mi infancia... Tal vez sólo en mis sueños.

Cambié de postura como si así fuese a librarme de aquellos pensamientos. Se encontraba ante mí y estaba hablando conmigo, con lo que era absurdo que me distrajera con otros asuntos.

—Así que no está enfadado conmigo. Bien, pero ¿por qué no volvió nunca más? —me preguntó.

¡Ay, Dios! Realmente me había tomado por otro... Moví los labios para preguntarle: «¿De qué me conoce?», pero cambié de opinión siguiendo un razonamiento un tanto deshonesto. ¿Y si, por culpa de esa respuesta, se daba cuenta de que se había equivocado, se levantaba y se iba con una breve disculpa? Cuanto más durase aquel sueño maravilloso, mejor. No tenía derecho a interrumpirlo, a dejarlo a medias, a despertar, aunque fuera a costa de la verdad.

Al ver que no respondía, pasó a otra pregunta:

—¿Recibe cartas de su madre?

Tras un primer momento de desconcierto absoluto, di un salto en la silla.

—¡Oh, Dios mío! ¿Era usted? —grité, cogiéndole las manos.

Lo había comprendido por fin. Recordaba de qué conocía su voz.

A ella se le escapó una carcajada.

—Es usted bastante peculiar...

También recordé la risa. Era la mujer que se me acercó en la exposición mientras estaba sentado absorto ante el cuadro, la que me preguntó qué veía en la pintura y la que, cuando le contesté «Se parece mucho a mi madre», se rió y me dijo: «¿No tiene ningún retrato de su madre?»... No entendía cómo no la había reconocido entonces. ¿Me habría impresionado tanto el cuadro como para no permitirme reconocer el original?

—Pero usted, ¡en ese momento no se parecía al cuadro! —exclamé.

—¿Cómo lo sabe? ¡Si no me miró a la cara!

—No, no creo... Eso no puede ser.

—Sí, me miró varias veces. Pero ¿cómo? ¡Como si no quisiera verme!

Entonces apartó las manos, que hasta ese momento seguían entre las mías.

—Cuando volví junto a mis amigos no les conté que no me había reconocido. ¡Les habría parecido muy gracioso!

—Gracias.

Reflexionó por un instante. Una nube cruzó sus ojos.

—¿Y? ¿Sigue queriendo tener una madre así? —preguntó repentinamente seria.

Me sentí confundido en un primer momento porque no acababa de entender a qué se refería. Luego respondí atropelladamente:

—Claro, claro... ¡Y cómo!

—Entonces dijo exactamente lo mismo.

—Puede...

Se rió de nuevo.

—¿Podría ser yo su madre?

—¡Oh, no, no!

—¿Quizá su hermana mayor?

—¿Cuántos años tiene?

—¡No se le pregunta la edad a una mujer! En fin, veintiséis. ¿Y usted?

—Veinticuatro.

—¿Lo ve? Podría ser su hermana mayor.

—Sí...

Guardamos silencio un momento. Notaba cómo en mi mente bullían infinitas cosas que decirle, que podría pasarme años hablando con ella... Pero en ese momento no acudían a mí las palabras. Ella también miraba al frente sin hablar. Tenía el codo derecho apoyado en la mesa y su mano reposaba sobre el mantel blanco. Tenía unos dedos finos y delicados, que se estrechaban hacia las uñas, y las puntas rojas, como si se le hubieran quedado fríos. Recordé que las manos que hacía un momento sostenía entre las mías estaban realmente frías. Quise entonces aprovechar la ocasión:

—¡Qué frías tiene las manos!

Me contestó sin dudar:

—¡Pues caliéntemelas! —y me las ofreció de repente.

La miré a la cara. Sus ojos transmitían seguridad y determinación. Era como si le pareciera natural tenderle las manos a un hombre con quien hablaba por primera vez. ¿Y si...? Sólo se me ocurrían posibilidades que me angustiaban, así que intenté alejar esos pensamientos hablando.

—En parte es comprensible que no la reconociera en la exposición. Estaba tan alegre, incluso bromista... Cómo decirlo, todo en usted era lo opuesto al cuadro... El pelo corto, la falda también corta y la chaqueta ceñida... Y esa forma rápida de andar, como dando saltitos. Era difícil encontrarle parecido con ese retrato serio, pensativo y un poco triste que los críticos han llamado «Madona»... Aun así, me sorprende, debía de estar muy ensimismado.

—Sí, mucho. Me acuerdo del primer día que acudió a la exposición. Paseaba aburrido y de repente se paró delante de mi retrato. Empezó a mirarlo con una atención tan poco habitual que sin duda extrañó a todos los que andaban por allí. En un primer momento creí que la pintura le recordaba a alguien que conocía, pero luego empezó a ir todos los días... Como puede comprender, sentí mucha curiosidad. Me acerqué varias veces para contemplar el cuadro con usted, casi cabeza con cabeza. Usted no se daba cuenta de nada, aunque de vez en cuando volvía los ojos a aquella visitante que lo estaba incordiando y no me reconocía. Aquel ensimismamiento suyo tenía un atractivo extraño... Tal como le digo, sentía curiosidad y por fin me decidí a hablarle. Los otros pintores también estaban intrigados e insistieron en que me acercara a usted, pero ojalá no lo hubiera hecho porque lo perdimos por completo. ¡No volvió a la exposición!

—Pensé que me estaban tomando el pelo.

Enseguida me arrepentí de haberlo dicho. Podía sentarle mal. Sin embargo, me respondió:

—Sí, tiene razón. —Y luego, escrutando mi rostro como si buscara algo, me preguntó—: Está solo en Berlín, ¿verdad?

—¿Cómo?

—O sea, solo, ya sabe. Sin nadie. Espiritualmente solo. Cómo explicarlo... Tiene un aspecto que...

—Entiendo, entiendo. Estoy solo. Pero no únicamente en Berlín. Estoy solo en el mundo entero. Desde que era niño.

—Yo también estoy sola. —Tomó mis manos entre las suyas y continuó—: Estoy tan sola que podría asfixiarme. Tan sola como un perro enfermo.

Me apretaba las manos con fuerza. Luego las alzó un poco y a continuación las dejó sobre la mesa, con un golpe.

—¡Podríamos ser amigos! Usted acaba de conocerme, pero yo lo he estudiado durante quince o veinte días. Tiene algo especial. Sí, estoy segura de que podríamos ser amigos.

La miré, extrañado. ¿Qué quería decir? ¿Qué le estaba ofreciendo en realidad una mujer a un hombre con una propuesta así? No tenía ni idea. No tenía experiencia ni conocía a la gente.

Percibió mis dudas y yo, su temor de haber ido demasiado lejos, de ser malinterpretada, y añadió:

—Por favor, no se le ocurra pensar como lo harían otros hombres. No busque otro sentido a mis palabras. Siempre soy así de clara. Como un hombre. De hecho, en muchos aspectos parezco un hombre. Quizá por eso estoy sola.

Me miró de arriba abajo, con detenimiento.

—Y usted tiene cosas de mujer —dijo de repente—. Ahora me doy cuenta. Quizá por eso supe desde el primer momento que tenía algo que me gustaba. Tiene algo que recuerda a una chica joven.

Me sorprendió, y me entristeció al mismo tiempo, oír de una persona con la que hablaba por primera vez aquella opinión que les había oído a mis padres tantas veces.

—¡Nunca se me olvidará el aspecto que tenía anoche! —continuó—. No podía dejar de reír cada vez que me venía a la mente esa imagen. Se resistía como una doncella que quiere defender su honra. Sin embargo, no debe de ser fácil librarse de Frau Van Tiedemann.

—¿La conoce? —pregunté abriendo mucho los ojos, asombrado.

—¿Cómo no? ¡Somos familia! Es hija de mi tío materno... Pero nos hemos distanciado. Bueno, yo no, es mi madre quien no quiere que la vea, por cómo se comporta. Su marido era abogado. Murió en la Gran Guerra y ahora ella lleva, en palabras de mi madre, una vida «inapropiada». Pero ¿qué importa eso? ¿Qué pasó anoche? ¿Pudo escapar de ella? ¿De qué la conoce?

—Vivimos en la misma pensión. Anoche me libré por los pelos y de pura casualidad. En la pensión vive también un tal Herr Döppke, que está muy interesado por su prima y nos topamos con él.

—Pues que se casen.

Con aquella frase comprendí que quería dar por concluido el tema. Callamos un rato. Pretendíamos estudiarnos el uno al otro sin que se nos notara, así que cuando nuestras miradas se encontraron, nos sonreímos como queriendo decir «me agrada lo que veo» y seguimos mirándonos.

Fui yo quien rompió el silencio.

—Así que tiene madre...

—Igual que usted.

Me angustié, como si hubiera preguntado algo absurdo. Ella se dio cuenta y cambió de tema.

—Es la primera vez que lo veo aquí.

—Sí, no suelo ir a sitios como éste. Sólo esta noche.

—¿Esta noche?

—La he seguido —confesé, haciendo acopio de todo mi valor.

Se sorprendió un poco.

—Entonces ¿era usted quien me ha seguido hasta la puerta?

—Sí. O sea, que sabía que la estaban siguiendo.

—Claro, ¿cómo no va a darse cuenta una mujer de algo así?

—Pero no se ha vuelto para mirar.

—Nunca lo hago.

Guardó silencio un momento. Estaba meditando algo. Luego, con una sonrisa seductora, añadió:

—¡Para mí es una especie de juego! Cuando me percato de que alguien me sigue por la calle, intento resistir la curiosidad, me obligo a no volver la cabeza y entretanto analizo todas las posibilidades que se me ocurren: quizá el que me sigue sea un hombre joven, o un cazador de mujeres viejo y decrépito, o un príncipe rico, o un estudiante que no tiene dónde caerse muerto, o incluso un vagabundo achispado. Trato de adivinarlo por el sonido de sus pasos y de ese modo llego a mi destino sin darme cuenta. Así que esta noche era usted,

¿eh? Sin embargo, por su forma de andar, tan indecisa, habría dicho que era un hombre mayor y casado.

De repente me miró a los ojos.

—¡Estaba esperándome!

—Sí.

—¿Cómo ha adivinado que también iba a pasar por ahí esta noche? ¿Sabía que trabajo aquí?

—No, pero qué sé yo... Me he dicho que quizá... Ni siquiera eso, sin darme cuenta estaba allí a la misma hora. Luego, cuando ha pasado usted, me ha dado miedo que me viera y me he escondido en un zaguán.

—Bueno, vámonos. Seguiremos hablando por el camino. —Y al ver mi sorpresa, me preguntó—: ¿O es que no va a acompañarme a mi casa?

Di un salto y ella se echó a reír.

—No tan deprisa, amigo mío. Todavía tengo que cambiarme de ropa. Espéreme en la puerta. Salgo dentro de cinco minutos.

Acto seguido, se puso en pie, se recogió la falda con la mano derecha y desapareció por detrás de la orquesta a paso ligero. Por el camino se volvió a mirarme y me saludó guiñándome uno de sus maravillosos ojos, como si fuéramos amigos de toda la vida.

Llamé al camarero y pagué la cuenta. De repente me sentía liberado y atrevido. Miraba fijamente a aquel hombre que anotaba números en un cuaderno de hojas largas como si le estuviera diciendo «¿No te das cuenta de lo feliz que estoy, atontado?», y sentía unas ganas enormes de saludar con una sonrisa a los clientes que todavía no se habían marchado e incluso a la orquesta. De pronto había brotado en mi interior el deseo de abrazar al género humano al completo, de besar a todo el mundo con afecto, como amigos que se encuentran tras muchos años sin verse.

Me levanté. Avancé con pasos amplios, relajados, seguros de sí mismos y, salvando de un salto varios escalones, llegué al guardarropa. Aunque no tenía por costumbre tanta generosidad, le dejé un marco de propina a la señorita que me entregó el abrigo. Ya en la puerta, inspiré profundamente y miré a mi alrededor. Habían apagado el rótulo de «ATLANTIK» y las olas del mar eran ahora invisibles. El cielo estaba despejado y, al oeste, se veía una delgada media luna que se acercaba al horizonte.

—¿He tardado mucho? —dijo alguien a mi espalda con voz queda.

—No, acabo de salir —respondí, y me di la vuelta.

Ahí estaba, ante mí, parpadeando como quien reflexiona sin llegar a decidirse. Por fin movió ligeramente los labios:

—De verdad que parece usted una buena persona.

Todo mi valor y mi gallardía desaparecieron en cuanto llegó. Aunque me habría gustado darle las gracias, cogerle las manos y besárselas, sólo fui capaz de responder con voz apenas audible:

—No sé.

Me agarró del brazo con desenvoltura mientras con la otra mano me asía la barbilla y me decía con voz suave, como si acariciara a un niño pequeño:

—Oh, y además es vergonzoso como una jovencita.

Miré al suelo, la cara me ardía. Me abrumaba el hecho de que una mujer me tratara de una forma tan desinhibida. Menos mal que no fue más allá. Primero me soltó la barbilla y luego dejó caer a un costado la mano con que me agarraba el brazo. Entonces alcé la mirada y, para mi sorpresa, vi que en su cara también había un desconcierto, incluso cierto bochorno. El rubor se le extendía del cuello a las mejillas. Tenía los ojos entornados y parecía que no se atrevía a mirarme. Y me pregunté: «¿Por qué lo hace? Está claro que ella no es así. Entonces ¿por qué lo hace?»

Fue como si me leyera el pensamiento.

—¡Soy así! —dijo—. Soy una mujer extraña. Si quiere ser mi amigo, tendrá que tolerarme muchas cosas. Tengo caprichos absurdos, horarios imposibles... En suma, soy una criatura incómoda e incomprensible para quienes son mis amigos. —Luego, con tono cortante, casi grosero, como si le irritara haberse dejado en tan mal lugar, añadió—: Pero si no le apetece... No necesito a nadie. No quiero tener que estarle agradecida a nadie, ni pienso mendigar el favor de su amistad... Si quiere...

—Intentaré entenderla —respondí, con mi voz baja y cobarde de siempre.

Caminamos unos pasos. Muy despacio, me cogió del brazo y empezó a hablar con una voz indiferente, como si estuviéramos charlando sobre cualquier otro tema:

—¿Así que va a intentar comprenderme? No es mala idea... Pero me da la impresión de que es un esfuerzo inútil. Creo que sólo soy una buena amiga a veces. El tiempo lo dirá. Si de vez en cuando inicio pequeñas discusiones, no me lo tenga en cuenta. No me haga caso. —Se detuvo en medio de la calle, levantó el índice de la mano derecha, lo agitó como si le advirtiera a un niño y añadió—: Préstame atención: el día que me pida algo, todo habrá terminado. Nada, ¿entiende?, no me pedirá nada. —Continuó con la voz cargada de ira, como si discutiera con un enemigo—: ¿Sabe por qué los odio tanto a ustedes, o sea, a todos los hombres del mundo? Por todo lo que exigen a los demás como si ése fuera su derecho natural. No me malinterprete, estas exigencias no se expresan necesariamente de una forma explícita, con palabras. A veces es la forma en que los hombres tratan a las mujeres, su mirada, su sonrisa, sus gestos... Hay que estar ciega para no darse cuenta de lo mucho que confían en sí mismos. Para comprender su arrogancia, basta con ver el desconcierto que les provoca que una mujer se niegue a alguno de sus requerimientos. Nunca dejan de pensar en sí mismos como en cazadores y en nosotras como pobres presas. Nuestra obligación es ser siempre sumisas, obedecer y dar lo que se nos pide. Nosotras no pedimos ni podemos entregar nada por el simple hecho de que nos apetezca. Me repugna ese orgullo masculino estúpido y soberbio. ¿Lo entiende? Por eso creo que puedo ser amiga suya. Porque usted carece de esa autoconfianza absurda. Pero, no sé... No sería la primera vez que veo asomar los colmillos de un lobo feroz en la boca de un cordero.

Mientras hablaba habíamos empezado a caminar de nuevo. Daba zancadas rápidas y vigorosas. Se expresaba gesticulando con las manos y clavando la vista ora en el suelo, ora en el cielo. Entre frases hacía pausas tan largas que daba la impresión de que ya había terminado de hablar y entonces seguía su camino con los ojos entornados.

Anduvimos bastante. Se había sumido de nuevo en un largo silencio. Yo iba a su lado, temeroso y callado. En una de las calles de los alrededores de Tiergarten se detuvo ante un edificio de piedra de tres plantas.

—Vivo aquí. Con mi madre —dijo—. Seguiremos hablando mañana. Pero no vaya al cabaret. Creo que no me gustaría que me viera otra vez con ese aspecto. Puede anotárselo como un punto a su favor. Mañana veámonos de día. Pasearemos juntos. Tengo mis sitios especiales para pasear en Berlín. Veremos si le gustan. Bueno, por ahora buenas noches. Un momento, todavía no sé cómo se llama.

—Raif.

—¿Raif? ¿Eso es todo?

—Raif Hatipzade.

—Ah, qué va. Va a ser imposible que lo retenga o lo pronuncie. ¿No podría llamarlo sólo Raif?

—Mucho mejor.

—Y usted puede llamarme sólo Maria. Ya se lo he dicho, ¡no me gusta deber nada!

Se rió y su cara, que en poco tiempo había cambiado de expresión varias veces, adquirió de nuevo una apariencia amigable y dulce. Alargó el brazo y me estrechó la mano entre las suyas. Con una voz suave, que le confería un tono de disculpa a cualquier cosa que dijera, me deseó buenas noches por segunda vez y dio media vuelta mientras sacaba las llaves del bolso. Me alejé lentamente. No había dado diez pasos cuando oí su voz a mi espalda:

—¡Raif!

Me volví y me quedé allí parado, esperando.

—¡Venga, venga! —Se notaba que estaba conteniendo la risa a duras penas. Con una actitud muy galante, me dijo—: ¡Estoy muy contenta de haber tenido tan pronto la oportunidad de llamarlo sólo por el nombre de pila!

Como estaba en lo alto de los escalones que daban a la puerta, tuve que levantar la cabeza para mirarla. No podía verle la cara porque estaba en penumbra. Esperé a que continuara hablando. Por fin, con tono burlón, aunque intentando mantenerse muy seria, dijo:

—Así que ya se iba...

Di un paso al frente con el corazón palpitante. Aprovechando una oportunidad que en aquel momento no era capaz de discernir si me hacía feliz o no, y con una esperanza que no me atrevía ni siquiera a concebir, pregunté:

—¿No quiere que me vaya?

Bajó dos escalones. Bajo la luz de la farola, la cara se le veía con bastante claridad. Paseó su mirada por mi rostro con una curiosidad maliciosa.

—¿Todavía no ha entendido por qué lo he llamado para que volviera?

Sí, sí que lo había entendido... Iba a lanzarme a sus brazos con un «allá voy», pero en mi interior crecía un sentimiento más intenso: desconcierto, una sensación de desplome, incluso náuseas. Me ruboricé violentamente y miré al suelo. ¡No, no! ¡No era eso lo que quería!

Me acarició la mejilla.

—¿Qué le ocurre? ¡Casi se echa a llorar! En realidad no necesita una hermana mayor, sino una madre. Dígame, vamos a ver, me ha dejado y ahora se iba, ¿no?

—Sí.

—No volverá a ir al Atlantik a buscarme. En eso habíamos quedado.

—Sí. Nos veremos mañana, de día.

—¿Dónde?

La miré con cara de estúpido. Ni se me había ocurrido pensarlo.

—¿Para eso me ha llamado? —le pregunté casi implorando.

—Claro... De verdad que no se parece a los otros hombres. Lo primero que hacen ellos es asegurarse de esos detalles. Usted coge y se larga. La persona que busca no siempre le saldrá al paso donde usted quiera, como esta noche.

En ese momento sentí que mi alma se liberaba de la sospecha que la había estado turbando. Me daba miedo vivir con ella una vulgar aventura. No sería capaz de hacerlo. Antes que ver así a la «Madona con abrigo de piel», prefería que me tomara por tonto e inexperto. Pero esa posibilidad también era triste. Pensar que, después de dejarla en su casa, se reiría de mí, que se burlaría de mi inocencia y mi falta de valor, tendría unas consecuencias tan graves que requerirían que le diera la espalda al género humano y me encerrara en mí mismo, pues habría perdido cualquier esperanza en mis semejantes.

Pero ahora tenía el corazón tranquilo. Sentía una vergüenza enorme por mi recelo impúdico de hacía unos minutos y un agradecimiento desmedido hacia ella, que había disipado mis dudas.

—¡Es usted una mujer maravillosa! —dije, haciendo gala de un valor inesperado.

—No se dé tanta prisa. Sea prudente cuando emita juicios sobre mí.

Le cogí las manos y se las besé. Probablemente se me habían saltado las lágrimas. Por un instante su rostro se acercó al mío y percibí una calidez en sus ojos que no había visto hasta entonces, pues era como si me abrazaran. Ante aquella felicidad que se aproximaba a unos centímetros de mi cara, mi corazón pareció detenerse. Pero de pronto apartó las manos con un movimiento bastante brusco y se incorporó.

—¿Dónde vive usted?

—En la calle Lützow.

—No está lejos. Entonces venga a recogerme mañana después de comer.

—¿En qué piso vive?

—Lo estaré esperando en la ventana. No hay necesidad de que suba.

Giró la llave, que seguía en la cerradura, y entró.

Me encaminé a la pensión con paso rápido. Sentía mi cuerpo más ligero que nunca. Tenía presente continuamente su figura. Y le susurraba algo, pero no sabía qué. Presté atención y me di cuenta de que repetía su nombre y me dirigía a ella con todo tipo de adjetivos cariñosos. De vez en cuando se me escapaban carcajadas entrecortadas y ahogadas que me era imposible reprimir. Cuando llegué a la pensión, empezaba a amanecer.

Tal vez por primera vez desde mi infancia me sumí en el sueño sin sentirme oprimido al pensar en la sinrazón y el vacío de mi vida, sin decirme: «Otro día que ha pasado. Y todos mis días pasarán del mismo modo, ¡como si algo fuera a cambiar!»

Al día siguiente no fui a la fábrica. Poco antes de las dos y media, atravesé el Tiergarten de camino a la casa en que vivía Maria Puder. Me preguntaba si sería demasiado temprano. Considerando lo cansado de su trabajo nocturno y que no se había acostado hasta el amanecer, temí molestarla. Sentía por ella un afecto indescriptible. Me la imaginaba acostada en la cama, respirando lentamente, su pelo derramado por la almohada, y creía que no podía haber mayor felicidad en la vida que contemplar aquella imagen.

Era como si el interés que hasta ese momento había escatimado al género humano, el cariño que no había experimentado por nadie, se hubiera acumulado en mi interior y saliera ahora en todo su esplendor gracias a esa mujer. Era consciente de que todavía no sabía nada de ella, de que todos mis juicios se basaban en mi imaginación y mis ilusiones, pero aun así, tenía la firme convicción de que no me engañaba.

Había estado buscándola, esperándola toda mi vida. ¿Era posible que mis sentidos me confundieran después de haber estado buscando a esa persona por todas partes, concentrando toda mi atención y todo mi ser en ese único objetivo? ¿Era posible que me engañaran teniendo en cuenta que habían adquirido una sensibilidad y una habilidad casi patológicas a fuerza de analizar desde esa perspectiva a quienquiera que me encontrase? Hasta ahora nunca se habían equivocado. Ellos emitían el primer juicio sobre alguien, luego mi razón y mi experiencia lo modificaban, por lo general de manera errónea. Pero la que siempre resultaba correcta era aquella primera impresión. A veces ocurría que alguien sobre quien había emitido un fallo positivo, con el tiempo no me gustaba o viceversa. Entonces me decía: «Así que me ha engañado la primera impresión...» Sin embargo, un tiempo después —que podía ser breve o muy largo—, me veía obligado a admitir que mi primera impresión había sido la correcta y que lo erróneo y pasajero habían sido los cambios que habían provocado en ella la lógica, las influencias externas o acontecimientos engañosos.

Maria Puder se había convertido en alguien a quien necesitaba a mi lado para vivir. Hasta a mí me parecía extraña esa sensación al principio. ¿Cómo podía convertirse de repente en una necesidad para mí un ser de cuya existencia no había tenido la menor idea hasta ese momento? Pero ¿no era así siempre? Descubrimos que necesitamos muchas cosas sólo después de verlas y conocerlas, y yo había empezado a creer que la razón del vacío y la falta de objetivos en mi vida no era otra que haber carecido de alguien así hasta entonces. Esa forma de huir de los demás o el miedo a dejar que mi entorno pudiera intuir lo que pensaba me parecían ahora actos irracionales, absurdos. Siempre había temido que la amargura que me sobrevenía de vez en cuando y el hastío que sentía por la vida fueran síntomas de una enfermedad mental. Cuando me daba cuenta de que las dos horas que había pasado leyendo un libro me parecían más plenas e importantes que muchos años de mi vida, pensaba en el horrible vacío de la existencia humana y me hundía en la desesperación.

Sin embargo, todo había cambiado. Sentía que en las semanas transcurridas desde el momento en que vi el retrato de aquella mujer, había vivido más que en todos los años de mi vida. Cada día, cada hora, incluso los ratos en que dormía, sentía una plenitud inmensa. Veía que no sólo mi cuerpo, que antes únicamente me había producido cansancio, sino también mi espíritu empezaban a revivir, y que cualidades valiosas de mí mismo que habían estado agazapadas en mi interior sin que tuviera noticia de ellas salían súbitamente a la superficie y me ofrecían una perspectiva fascinante y extraordinaria. Maria Puder me había enseñado que yo tenía un alma y, por primera vez, me encontraba con alguien que también la tenía. Por supuesto que todos los seres humanos tienen alma, pero la mayoría no son conscientes de ello y se marchan de este mundo sin saberlo. El alma sólo aparece cuando encuentra a su alma gemela y entonces da un paso al frente sin consultarnos, ni a nosotros, ni a nuestra razón, ni a nuestros planes. Sólo entonces empezamos a vivir de verdad, a vivir con nuestra alma. En ese momento, todas las dudas y el pudor quedan atrás, y esas dos almas corren, la una hacia la otra, para fundirse en un abrazo. Toda mi timidez había desaparecido. Estaba impaciente por desplegar mi esencia ante aquella mujer, lo bueno y lo malo, mis fortalezas y debilidades, sin ocultar nada, mostrarle mi alma desnuda por completo. ¡Cuántas cosas tenía que contarle! Creía que no me las acabaría aunque hablara toda la vida, porque me la había pasado callado, reprimiendo mis pensamientos. «Pero, hombre, ¿qué crees que vas a conseguir si lo cuentas?», me decía a menudo. Y de la misma forma que antes tenía la certeza de que nadie iba a entenderme, un juicio que emitía sin ningún fundamento y que basaba únicamente en una sensación, ahora opinaba sobre esa mujer, de nuevo de manera infundada aunque siguiendo aquella primera impresión infalible: «¡Ésta sí que me va a entender!»

Paseando llegué a un canal que bordea el Tiergarten por el sur. Desde el puente que lo cruza se veía la casa de Maria Puder. Eran todavía las tres. Como el sol se reflejaba en los cristales de las ventanas, no se podía ver si había alguien detrás. Me apoyé en el pretil del puente y miré el agua quieta. Empezó a caer una lluvia fina que hizo que la superficie se estremeciera. Mucho más allá, una enorme gabarra a motor descargaba frutas y verduras en los camiones del muelle. Las hojas que iban cayendo de los árboles plantados en los márgenes revoloteaban en el aire antes de llegar al suelo. ¡Qué hermoso era aquel paisaje oscuro y gris! ¡Qué fresco era aquel aire húmedo que respiraba! Vivir, vivir siendo consciente de las vibraciones más mínimas de la naturaleza, contemplando el fluir de la vida con su lógica inamovible; vivir con más intensidad que nadie, sabiendo que un instante puede ser más pleno que una vida entera... Vivir con el convencimiento de que existe alguien con quien poder compartir todo eso, a quien esperar...

¿Hay algo en el mundo que proporcione mayor felicidad? Pronto pasearíamos juntos por esos caminos empapados, nos sentaríamos en un lugar retirado y en penumbra y nos miraríamos a los ojos. Le contaría muchas cosas de las que hasta ahora nunca había hablado a nadie, ni siquiera a mí mismo. Muchas de ellas nacían en mi mente sin previo aviso y con la misma velocidad dejaban su lugar a otras, y no podía evitar maravillarme por esa sucesión de pensamientos.

Cogería de nuevo sus manos entre las mías y le frotaría esos dedos fríos, con las puntas ligeramente enrojecidas, para calentárselos. En una palabra, estaría muy cerca de ella.

Eran casi las tres y media. Me pregunté si ya se habría despertado y si sería adecuado acercarme a la casa y darme una vuelta por delante. Me había dicho que miraría por la ventana. ¿Se acordaría de que habíamos quedado en que la esperaría allí? ¿Y si no se presentaba? De inmediato rechacé aquella sospecha. Sentí que pensarlo siquiera era demostrar falta de confianza en ella, ser injusto, derrumbar de una patada el edificio que yo mismo había estado levantando. Sin embargo, una vez que ese tipo de temores se me metían en la cabeza, me acosaban sin descanso. Quizá estuviera enferma. Podía haberle surgido un asunto urgente y haberse visto obligada a marcharse. Seguro que sí. No era natural que semejante dicha llegara con tanta facilidad. Mi preocupación iba en aumento a cada minuto que pasaba y el corazón me latía cada vez más rápido. Lo que me había sucedido la noche anterior era uno de esos acontecimientos extraordinarios que sólo ocurren una vez en la vida. Esperar que se repitiera era un error. Mi mente ya había empezado a buscar consuelo: quizá no fuera bueno para mí que mi vida tomara de repente un nuevo rumbo y se encaminara hacia un futuro incierto. ¿No era más reconfortante recuperar mi antigua tranquilidad y aferrarme a esa sucesión de días monótonos y aletargados que había sido mi vida hasta entonces?

Cuando volví la cabeza vi que venía hacia mí. Llevaba una gabardina ligera, una boina azul marino y zapatos de tacón bajo. Sonreía. Al llegar a mi lado me ofreció la mano.

—¿Me esperaba aquí? ¿Desde hace mucho?

—Desde hace una hora.

La voz me temblaba de la emoción, pero ella lo interpretó como una queja y me respondió con un reproche medio en broma:

—Pues es culpa suya, señor mío. ¡Yo llevo hora y media esperándolo! Por pura casualidad, hace un momento se me ha ocurrido que tal vez usted hubiera preferido esperarme en este paisaje poético a venir al portal de casa.

Así que me había esperado. Así que yo era alguien importante para ella. Como un gatito al que acarician, la miré a los ojos.

—Gracias.

—¿Por qué me da las gracias? —Me cogió del brazo sin aguardar respuesta—. ¡Vámonos!

Andaba con pasos cortos pero rápidos, y yo intentaba seguirla. Me daba miedo preguntarle adónde íbamos. Ninguno de los dos hablaba. Aunque estaba más que cómodo con el silencio, me reconcomía pensar que debía decir algo. Pero no divisaba en el horizonte ni una sola de aquellas bonitas y elocuentes ideas que hacía un momento bullían en mi cabeza. Cuanto más me esforzaba, mayor era la sensación de que mi mente se había vaciado por completo, de que me volvía aún más patético y que mi cerebro no era más que un pedazo de carne palpitante. Cuando la miré de reojo, vi que ella ni siquiera sospechaba mi agitación y mi zozobra. Seguía su camino con los ojos negros fijos en el suelo, el rostro sereno e inmutable y aquella arruga imprecisa que

120

recordaba a una sonrisa en la comisura de los labios. Su mano derecha colgaba de manera informal de mi brazo y por la forma en que levantaba ligeramente el índice parecía que señalara un punto más allá.

Cuando la miré a la cara de nuevo vi que había alzado las cejas, gruesas y un poco desaliñadas, como si estuviera meditando algo. Se le notaban las delicadas venas azules de los párpados. Las pestañas, negras y densas, vibraban levemente y sobre ellas brillaban unas gotas de lluvia diminutas. El cabello también se le había mojado aquí y allá.

—¿Por qué me mira con tanta atención? —dijo, volviendo la cabeza hacia mí.

Aquella pregunta cobró vida al mismo tiempo en mi mente. ¿Cómo era posible que la contemplara con ese descaro, si nunca antes había observado así a una mujer? ¿Cómo era posible que siguiera mirándola sin perder el valor después de que me hiciera esa pregunta y volviera sus ojos hacia mí? Con una audacia que a mí mismo me sorprendió, respondí:

—¿No le gusta?

—No, no era por eso, sólo por preguntar. ¡O quizá lo he preguntado porque me gusta!

Sus ojos eran tan negros y su mirada tan expresiva que no pude aguantarme:

—¿Es de origen alemán?

—Sí. ¿Por qué lo pregunta?

—No tiene el pelo rubio ni los ojos azules.

—¡No es tan raro!

Hizo una mueca que recordaba a su sonrisa de siempre, pero en la que también se intuía la sombra de una duda.

—Mi padre era judío. Mi madre es alemana. Pero ¡tampoco ella es rubia!

—¿Así que es usted judía? —le pregunté con interés.

—Sí. ¿No será usted antisemita?

—¡Cómo se le ocurre! En nuestra tierra eso no tiene cabida. Pero no me lo habría imaginado...

—Sí, soy judía. Mi padre era de Praga, se convirtió al catolicismo antes de que yo naciera.

—Entonces, en cuanto a religión, es católica.

—No, en realidad no profeso ninguna fe.

Caminamos un buen rato. No siguió hablando de aquello y yo no le pregunté nada más. Poco a poco nos estábamos acercando a los límites de la ciudad. Empecé a sentir curiosidad por el lugar adonde nos dirigíamos. Con aquel tiempo, lo más probable es que no fuéramos a dar un paseo por el campo, porque la lluvia seguía cayendo. En cierto momento, Maria preguntó:

—¿Adónde vamos?

—¡No lo sé!

—¿No siente curiosidad?

—Me limito a seguirla. ¡A donde quiera usted!

Volvió hacia mí su cara, húmeda y pálida como una flor blanca cubierta de rocío.

—Es usted muy complaciente... ¿No tiene ideas propias, o algún deseo?

Repliqué al instante con sus palabras de la noche anterior:

—¡Me prohibió pedirle nada!

No me contestó. Esperé un momento y entonces continué:

—¿O es que anoche no hablaba en serio? ¿O ha cambiado de opinión hoy?

—No, no —protestó—. Sigo opinando lo mismo.

Volvió a quedarse absorta en sus pensamientos.

Llegamos a un gran jardín rodeado por una verja de hierro y ella redujo el paso.

—¿Entramos? —me preguntó.

—¿Qué es esto?

—El jardín botánico.

—Como quiera.

—Entonces, entremos. Siempre vengo aquí. Especialmente los días de lluvia como éste.

Dentro no había nadie. Paseamos un buen rato por los senderos de tierra. Estábamos rodeados a ambos lados por todo tipo de árboles que todavía no habían perdido las hojas a pesar de lo avanzado de la estación. Alrededor de unos estanques de gran tamaño llenos de rocas crecían hierbas, flores y musgos de diferentes formas y colores. Hojas enormes cubrían la superficie del agua. Invernaderos gigantescos albergaban plantas de países cálidos y árboles de troncos gruesos y hojas pequeñas.

—Es el lugar más bonito de Berlín —dijo Maria—. En esta época está desierto porque prácticamente no tiene visitantes. Estos árboles extraños me recuerdan países lejanos que siempre he deseado conocer. También me da un poco de pena ver que los han arrancado de sus lugares de origen, los han traído aquí e intentan que sigan vivos con muchas atenciones y medios artificiales. ¿Sabe?, en Berlín el sol brilla sólo cien días al año, así que el cielo está cubierto doscientos sesenta y cinco. ¿Los focos y los soles artificiales de los invernaderos pueden satisfacer a las hojas de estos árboles, acostumbradas a la luz y el calor? Y, a pesar de todo, siguen vivos, no se secan... Pero ¿se le puede llamar vida a esto? ¿No le parece que es una tortura separar a un ser vivo del clima que le es más propicio y someterlo a estas condiciones horribles para complacer a unos cuantos aficionados?

—Pero usted misma es una de esos aficionados.

—Sí, pero cada vez que vengo siento una gran tristeza.

—Entonces ¿por qué viene?

—¡No lo sé!

Se sentó en un banco que estaba mojado. Me senté junto a ella.

—Aquí, mientras contemplo las plantas, también pienso un poco en mí —dijo, secándose las gotas de lluvia de la cara—. Me acuerdo de mis antepasados, que quizá vivieran hace siglos en los mismos lugares que estos árboles y estas plantas tan peculiares. A nosotros, como a ellos, nos arrancaron de nuestras raíces y nos dispersaron por el mundo, ¿no? Pero eso no tiene nada que ver con usted... A decir verdad, tampoco tiene mucho que ver conmigo... Simplemente me permite pensar en muchas cosas, imaginarlas y sentirlas. Ya lo verá: vivo más dentro de mi cabeza que en el mundo. Para mí, la vida real no es más que un sueño desagradable. Probablemente le pareció muy triste mi trabajo en el Atlantik, pero yo ni siquiera percibo si lo es o no. De hecho, hay veces que me divierte. En realidad lo hago por mi madre. Me veo obligada a cuidar de ella y me es imposible ganarme la vida con unos pocos cuadros que pinto al año. ¿Ha pintado usted alguna vez?

—Un poco.

—¿Por qué no siguió?

—Comprendí que no tenía talento.

—No me lo creo... Está claro que talento tiene para la pintura por la expresión de su cara cuando contemplaba los cuadros de la exposición. Diga mejor que comprendió que no tenía valor. No está bien que un hombre sea tan cobarde. Lo digo por usted. En cuanto a mí, sí que lo tengo. Me gusta pintar y reflejar en los cuadros mis opiniones sobre la gente, y quizá en cierto modo lo consiga. Pero tampoco eso sirve de nada. La gente a la que quiero censurar no entiende la pintura y los que la entienden son los que no se merecen mis críticas. Así pues, como todas las artes, la pintura no encuentra interlocutor, es decir, es incapaz de conmover a quienes en realidad pretende dirigirse. A pesar de todo, es el único trabajo en el mundo que me tomo en serio. Sólo por eso no tengo intención de ganarme la vida pintando. Porque entonces me vería obligada a hacer lo que otros quisieran y no lo que yo quiero. Nunca... Nunca... Preferiría vender mi cuerpo... Porque en mi opinión eso sí que no tiene importancia.

Me dio unas palmadas en la rodilla antes de continuar:

—De hecho, querido amigo, es precisamente lo que hago. Anoche estaba usted allí cuando un borracho me besó la espalda, ¿no? Claro que me la besó. Tenía todo el derecho. Se estaba gastando el dinero. Y dicen que tengo una espalda muy bonita. ¿Quiere besarla usted también? ¿Tiene dinero?

Sus palabras me dejaron sin habla. Parpadeaba sin parar y me mordía los labios. Cuando Maria se dio cuenta, frunció el ceño, palideció más de lo habitual hasta quedarse blanca como la pared y dijo:

—Oh, no, Raif, no es eso lo que quiero. En absoluto. Lo que no aguanto es la compasión. En el momento en que note que me tiene pena, ¡adiós! No volverá a verme.

Pero al percibir mi aturdimiento, y que en realidad era yo quien daba lástima, me pasó el brazo por los hombros.

—¡No se ofenda por mis palabras! Debemos hablar con toda claridad de los temas que más adelante podrían enturbiar nuestra amistad. En estos casos, la cobardía es dañina. ¿Qué podría pasar? Si viéramos que no íbamos a entendernos, nos despediríamos y cada cual se iría por su lado. Tampoco sería una tragedia. ¿Sigue sin aceptar que todos estamos solos en esta vida? Cualquier acercamiento, cualquier vínculo no es más que una ilusión. Las personas sólo pueden conocerse hasta cierto punto, el resto es pura invención, y un buen día, cuando se dan cuenta de su error, huyen desesperadas. Sin embargo, esto no sería así si se conformaran con la realidad, si dejaran de engañarse y creer que sus sueños son reales. Si todo el mundo aceptara lo que es natural, nadie se sentiría decepcionado ni resentido. En el fondo, todos merecemos algo de lástima, pero sólo deberíamos compadecernos de nosotros mismos. Mostrar compasión por alguien es creerse más fuerte que él, y ni somos superiores ni tenemos derecho a ver a los demás como seres más patéticos que nosotros mismos... ¿Nos vamos ya?

Nos levantamos. Sacudimos los abrigos para librarnos de las gotas de lluvia que se habían acumulado. La grava mojada crujía bajo nuestros pies.

Las calles habían empezado ya a oscurecerse, pero todavía no se habían encendido las farolas. Regresábamos como habíamos venido, a paso rápido y por las mismas calles. Ahora era yo quien la cogía del brazo. Me arrimaba como un niño pequeño e inclinaba la cabeza hacia ella. Sentía por dentro una mezcla extraña de alegría y tristeza. Me alegraba ver cuánto se parecían muchas de sus ideas y sentimientos a los míos; eso hacía que la sintiera aún más cerca. Sin embargo, me asustaba comprender que se apartaba de mí en un punto: ella no quería ocultarse la verdad, no estaba dispuesta a engañarse bajo ningún pretexto. En cambio, yo tenía el presentimiento de que cuando llegas a conocer a alguien en profundidad, sea quien sea, no es posible intimar del todo con esa persona si no le ocultas parte de lo que has visto en ella.

Lo cierto era que yo no quería ser tan franco. Sabía que no podría soportar ninguna verdad que me alejara de ella. Después de que nuestras almas hubieran encontrado en el otro lo que necesitaban, lo más apreciado, ¿no sería más humano y más justo ignorar otros detalles, o, más exactamente, sacrificar pequeñas verdades en favor de una más grande?

Estaba claro que aquella mujer, que tenía opiniones tan sensatas sobre cualquier asunto, pensaba así puesto que se había visto sometida a las experiencias amargas de la vida, a los efectos negativos del entorno. Como se veía obligada a vivir entre gente que no quería y le disgustaba, a sonreír cuando no le apetecía, se dejaba llevar por una indignación profunda y desconfiaba de todo el mundo. En cambio yo no me irritaba con nadie porque me había pasado la vida alejado de la gente, así que nadie me había incordiado demasiado. Lo que a mí me reconcomía era una gran sensación de soledad y por eso mismo estaba dispuesto a engañarme en algunas cuestiones para no perder a alguien que había comprendido que era muy parecido a mí.

Llegamos al centro de la ciudad. Las calles estaban iluminadas y llenas de gente. Maria Puder estaba pensativa y quizá también un poco triste.

—¿Hay algo que le haya molestado? —le pregunté, temeroso.

—No —contestó—. No ha pasado nada que haya podido molestarme. De hecho, estoy muy contenta con nuestro paseo de hoy. Creo que estoy contenta...

Era evidente que mientras lo decía estaba pensando en otra cosa. Aquella mirada, que de vez en cuando se posaba en mi cara, parecía ahora distraída y en su sonrisa había algo tan enigmático que me asustaba. Se detuvo a la entrada de un callejón.

—No quiero ir a casa —dijo—. Vamos, cenemos juntos en algún sitio. ¡Podremos charlar tranquilamente hasta que sea la hora de irme a trabajar!

Recibí aquella propuesta inesperada con una emoción excesiva, pero me recompuse tan rápido como pude y clavé la vista en el suelo al ver que Maria Puder me miraba con extrañeza. Entramos en un restaurante bastante grande de la zona occidental de la ciudad. No estaba demasiado lleno. En un rincón, una orquesta de mujeres vestidas con el traje regional bávaro interpretaba tonadas ruidosas. Nos sentamos a una mesa un poco retirada y pedimos comida y vino.

Se me contagió la seriedad de mi acompañante. Sentía una angustia y una opresión inexplicables. Ella lo notó y trató de desprenderse de sus reflexiones y sonreír. Me dio una palmadita en la mano, que tenía sobre la mesa.

—¿A qué viene esa cara larga? ¡Los chicos que cenan por primera vez con una joven suelen mostrarse más alegres y habladores! —bromeó.

Pero estaba claro que ella tampoco se sentía así. De hecho, enseguida volvió a su actitud anterior. Paseó la mirada por las mesas de alrededor simplemente por hacer algo. Tomó unos sorbos de vino y de repente se volvió hacia mí y me dijo mirándome a los ojos:

—¿Qué puedo hacer? ¡Dígame! ¡No soy capaz de ser de otra manera!

¿Qué quería decir? Sólo podía intuirlo de un modo confuso. Sentía que lo que decía que no podía hacer y lo que me había entristecido hacía sólo un instante eran lo mismo, aunque no podía precisar con claridad su naturaleza.

Era como si sus ojos quisieran quedarse clavados dondequiera que mirara y sólo pudiera apartarlos de allí a duras penas. En su cara, de un blanco apagado como el nácar, advertía de vez en cuando un estremecimiento apenas perceptible. Empezó a hablar de nuevo. De repente, le temblaba la voz con una emoción que casi no podía contener.

—Por favor, no se enfade conmigo. Será mejor que sea clara con usted para que no se deje llevar por esperanzas vanas. Pero no se enfade conmigo. Ayer me acerqué a usted y le pedí que me acompañara a casa. Hoy le he propuesto que paseáramos juntos y luego le he dicho que fuéramos a cenar. Podría decirse que lo he perseguido, pero no lo amo. Eso es lo que llevo un rato pensando. No, no lo amo. ¿Qué le voy a hacer? Me parece agradable, incluso atractivo, puede que vea en usted aspectos que lo diferencian de todos los hombres que he conocido hasta ahora, pero eso es todo... Hablar con usted, charlar de muchas cosas, debatir, discutir... Enfadarnos, reconciliarnos, todo eso seguro que me gustaría.

»Sin embargo, ¿amar? No puedo... Se preguntará por qué le cuento todo esto así, de repente. Como le decía antes, para que más adelante no se enfade conmigo cuando no se cumplan las expectativas que se haya formado. Desde ahora mismo le hago saber qué puedo ofrecerle para que luego no piense que he jugado con usted. Por muy diferente que sea, sigue siendo un hombre. Y todos los hombres que he conocido, cuando se han dado cuenta, es decir, cuando han comprendido que no los amaba, que no podía amarlos, me han abandonado con una amargura enorme, incluso furiosos. Adiós, muy buenas. Pero ¿por qué me culpaban a mí? ¿Porque no les di algo que nunca les había prometido, algo que sólo había existido en su imaginación? ¿No le parece injusto? No quiero que usted también piense igual de mí. Puede anotárselo como un punto a su favor.

Estaba totalmente desconcertado. Aun así, intenté mantener la calma.

—¿Qué necesidad hay de todo eso? Es usted, no yo, quien fijará los términos de nuestra amistad. ¡Será como usted quiera! —contesté.

—No, no, ni hablar —protestó con vehemencia—. Mire, ¿lo ve? Hace como los otros hombres; finge aceptarlo porque cree que luego conseguirá lo que usted quiera. ¡No, amigo mío! Las cosas no se arreglan con palabras tranquilizadoras como ésas. Piense que, aunque siempre trato de ser franca y clara sobre este tema tanto conmigo misma como con los demás, todavía no ha servido de nada. El ser humano es tan complejo, especialmente en lo que se refiere a las relaciones entre hombre y mujer, y nuestros deseos y sentimientos son tan incomprensibles y opacos, que todos nos dejamos llevar sin saber muy bien lo que hacemos. Yo no quiero eso, de ninguna manera. Pienso que me envilece hacer cualquier cosa que no me llene al cien por cien, que no me parezca totalmente necesaria. Y si hay algo que no soporto es que la mujer se vea obligada a comportarse siempre de una forma pasiva ante el hombre. ¿Por qué? ¿Por qué hemos de ser nosotras siempre las que huyen y ustedes los que nos persiguen? ¿Por qué somos nosotras las que hemos de rendirnos siempre y ustedes los que aceptan la capitulación y toman el botín? ¿Por qué hasta en sus ruegos hay dominación, y en nuestras negativas, desamparo? Siempre me he rebelado contra eso, desde que era niña, nunca lo he consentido. Y he pensado mucho en ello; por qué soy así, por qué es para mí tan importante algo que ni siquiera se plantean otras mujeres. Llegué a preguntarme incluso si había algo anormal en mí. Pero no, al contrario, si he reflexionado sobre todo esto es porque probablemente soy más normal que el resto de las mujeres. Porque, por casualidad, mi vida ha transcurrido al margen de las influencias que provocan que las demás mujeres vean su destino como algo natural. Mi padre murió cuando era todavía pequeña. Mi madre y yo nos quedamos solas. Mi madre era el ejemplo perfecto de mujer acostumbrada a obedecer y a someterse.

Había perdido la capacidad de andar sola por la vida, mejor dicho, nunca la había adquirido. Aunque tenía siete años, fui yo quien tuvo que ocuparse de ella. Le aconsejé que fuera fuerte, la guié, la apoyé. Así me crié, de una manera natural, sin sufrir la tiranía de ningún hombre. En el colegio siempre me indignaron la languidez y la falta de objetivos de mis compañeras. No aprendí nada para gustar a los hombres. Nunca me sonrojé ante ellos ni esperé un cumplido. Todo aquello me condenó a una soledad espantosa. Mis compañeras pensaban que ser amigas mías y aceptar mis ideas iba en contra de sus gustos y su sosiego. Ser juguetes a los que se trata bien les resultaba más fácil y atractivo que ser personas. Pero tampoco tuve amigos varones. Al no encontrar en mí el bocado fácil que buscaban, preferían huir a enfrentarse a mí en igualdad de condiciones. Fue entonces cuando entendí en qué consiste la determinación y la fuerza de los hombres; no existe en el mundo criatura que persiga victorias tan cómodas, ni que sea tan egoísta y engreída o que esté tan satisfecha consigo misma, y al mismo tiempo sea tan cobarde y perezosa, como los hombres. En cuanto lo comprendí, me fue imposible amar de verdad a un hombre. Veía que incluso los que más me gustaban, con los que más compartía, me enseñaban los colmillos por cualquier tontería. Después de estar juntos y quedar igualmente complacidos, se me acercaban con una actitud con la que parecía que trataban de disculparse y protegerme, y veía en ellos esa mirada estúpida de quien se cree vencedor. Sin embargo, eran ellos los que merecían lástima, los que exhibían su miseria. Porque ninguna mujer es tan patética y ridícula como un hombre en los momentos de pasión. Y, a pesar de todo, el orgullo masculino es tan impertinente que los hombres se creen que lo que hacen es una demostración de fuerza. Ay, Dios, es para volverse loca... Aunque sé que carezco de esas inclinaciones, preferiría enamorarme de una mujer.

Se detuvo un momento y me estudió el semblante. Bebió un trago de vino. Según hablaba se iba abriendo y parecía librarse de lo que la angustiaba.

—¿Qué le sorprende tanto? —continuó—. No se preocupe, no es lo que se cree. Aunque ojalá lo fuera. Lo que está claro es que sería menos humillante... Soy pintora, ya lo sabe. Tengo mi propio concepto de belleza. No encuentro bello hacer el amor con una mujer. Cómo explicarlo... No me parece estético. Y además mi amor por la naturaleza se interpone en mi camino. Siempre he actuado de acuerdo con lo que creo que es natural. Tal vez por eso haya llegado a la conclusión de que debo amar a un hombre. Pero a un hombre de verdad. Un hombre que pueda arrastrarme sin recurrir a la fuerza. Un hombre que me ame y camine a mi lado sin pedirme nada, sin dominarme, sin agraviarme. O sea, un hombre de verdad, un hombre realmente fuerte. ¿Comprende ahora por qué no lo amo? En realidad, no hemos pasado tanto tiempo juntos como para que lo ame, pero usted no es lo que busco. Es cierto que no tiene ese orgullo absurdo del que hablaba hace un instante, pero es como tantos muchachos, mejor dicho, como tantas mujeres... Como mi madre, usted también necesita alguien que lo guíe. Podría ser yo. Si quiere. Pero no puedo ser mucho más. Seremos unos magníficos amigos. Es usted el primer hombre que me escucha sin interrumpirme, sin tratar de que cambie de idea, de convencerme, en suma, de llevarme por el buen camino. Y en su mirada veo claramente que me entiende. Como le decía, podemos ser buenos amigos. De la misma manera que yo le he hablado con franqueza, usted puede abrirme su corazón. No es poca cosa, ¿no cree? ¿O piensa que es mejor arriesgarse y tratar de conseguir algo más? Yo nunca querría eso. Se lo dije anoche, a veces soy bastante contradictoria, pero eso no debe inducirlo a formarse una idea equivocada. En lo principal, nunca cambio. ¿Qué le parece? ¿Será amigo mío?

Todo aquel discurso me había aturdido. Me daba miedo opinar porque intuía que no estaría muy acertado. Por la cabeza sólo se me pasaba un deseo: estar cerca de ella a cualquier precio, no separarme de ella... Todo lo demás, me era indiferente. No estaba acostumbrado a pedir a nadie más de lo que me daba. A pesar de todo, sentía un torpor extraño. Clavé la mirada en esos ojos negros que esperaban una respuesta por mi parte, y le dije muy despacio:

—Maria, la entiendo perfectamente. Me doy cuenta de que sus experiencias en la vida la obligan a dar explicaciones tan detalladas y me alegra pensar que lo hace para evitar todo aquello que pudiera dañar nuestra amistad en el futuro. Eso me da a entender que considera nuestra amistad valiosa.

Asintió moviendo la cabeza rápidamente.

—Quizá no habría hecho falta que me explicara todo eso —continué—. Pero ¿cómo iba a saberlo? Acabamos de conocernos. Es mejor ser precavidos. No tengo tanta experiencia como usted en la vida. He conocido a muy poca gente y siempre he vivido solo. Veo que, aunque hemos ido por caminos distintos, hemos llegado a la misma conclusión: ambos buscamos a alguien, alguien que sea nuestro compañero... Si lo encontrásemos el uno en el otro, sería maravilloso. Pero eso es lo verdaderamente importante, lo demás queda en segundo plano. En cuanto a las relaciones entre hombre y mujer, puede estar segura de que nunca seré el tipo de hombre que teme. Es verdad que no he tenido relaciones, pero ni siquiera se me habría pasado por la cabeza amar a alguien a quien no respetara tanto como a mí mismo y que no me pareciera tan fuerte como yo. Hace un momento hablaba de agravios. En mi opinión, si un hombre los tolera o los comete, está contradiciendo su esencia y en realidad se está insultando a sí mismo. Como usted, yo también amo la naturaleza, incluso me atrevería a decir que me he acercado a ella tanto como me he apartado de la gente. Mi tierra es uno de los lugares más hermosos del mundo. Allí nacieron y murieron muchas de las civilizaciones sobre las que hemos leído en los libros de historia. A la sombra de olivos de diez o quince siglos pensaba en la gente que en tiempos recogía sus frutos. En montes cubiertos de pinos, en lugares donde uno se creería que nadie había puesto el pie, encontraba puentes y columnas labradas de mármol. Ésos eran los amigos de mi infancia, la sustancia de mis sueños. Desde entonces considero por encima de todo a la naturaleza y su lógica. Dejemos que nuestra amistad siga también su curso natural. Intentemos no obligarla a ir por determinados caminos ni maniatarla con decisiones que podrían ser precipitadas.

Con su dedo índice, Maria me dio unos golpecitos en la mano, que descansaba sobre la mesa.

—¡No es usted tan niño como me creía!

Me observaba, indecisa y temerosa. Su labio inferior, algo más grueso, le sobresalía un poco más de lo habitual y eso le daba la apariencia de una niña pequeña a punto de echarse a llorar. Por el contrario, su mirada seguía siendo pensativa e interrogadora. Me encantaba cómo la expresión de su cara mutaba en un instante. Por fin se decidió a hablar:

—¡Puede contarme muchas cosas de su vida, de su país, de sus olivos! Y yo le explicaré algunas que recuerdo de mi niñez y de mi padre. Seguro que no tendremos problemas para encontrar tema de conversación. Pero ¡cuánto ruido hay aquí! Probablemente sea porque cada vez hay menos gente. Con tanto estruendo, las pobres chicas de la banda intentan levantar el ánimo al menos a su jefe. Ah, si usted supiera cómo son los dueños de estos sitios...

—¿Son muy desagradables?

—¡No lo sabe usted bien! Esos sitios te dan la oportunidad de estudiar de cerca el comportamiento de los hombres. Por ejemplo, el propietario del Atlantik es bastante amable. Y no sólo con los clientes, sino también con cualquier mujer con la que no tenga relación. Seguro que si no trabajara en su cabaret, me cortejaría como todo un caballero y me deslumbraría con sus buenos modales. Pero con la gente a la que paga es todo lo contrario; él lo llama «ética profesional», pero sería más correcto llamarlo «ética del interés». Porque lo que motiva su grosería, que roza la crueldad y a veces llega incluso al insulto, es más bien el miedo a que lo engañen y a no ser capaz de gestionar con seriedad su negocio. Le horrorizaría ver cómo ese hombre, que probablemente sea un buen padre de familia y un ciudadano honesto, cree que puede comprar no sólo nuestra voz, nuestra sonrisa, nuestro cuerpo, sino también nuestra dignidad...

—¿Qué era su padre? —la interrumpí cuando asocié varias ideas vagas que me rondaban la cabeza.

—¿No se lo he dicho? Abogado. ¿Por qué lo pregunta? ¿Siente curiosidad por cómo he llegado hasta aquí?

Guardé silencio. Ella siguió:

—Se ve que todavía no conoce bien Alemania. Mi caso no tiene nada de extraordinario. Estudié con el dinero que nos había dejado mi padre. Al principio nuestra situación no era mala. Durante la guerra trabajé como enfermera. Luego continué los estudios de Bellas Artes, pero nuestra pequeña renta desapareció a causa de la inflación. Así que me vi obligada a ganar un salario. No me quejo, trabajar no es una vergüenza en absoluto. Lo que me molesta es que nos fuercen a rebajarnos, que nos humillen en el trabajo. En mi caso no es agradable estar siempre delante de tipos borrachos y ávidos de carne fresca. A veces miran de una manera... Ni siquiera podría calificarlos de simples animales. Si sólo fuera eso, seguiría siendo algo natural. Es mucho peor, una mezcla de hipocresía, malicia y miseria humanas. Es asqueroso.

Miró a su alrededor. La orquesta había intensificado su actuación. Una mujer bastante gorda, con un vestido bávaro y el cabello como barbas de maíz, cantaba a grito pelado alegres canciones tradicionales de las montañas y lanzaba extraños gorgoritos.

—Bueno, vámonos —dijo Maria—. Vayamos a un sitio más tranquilo. ¡Todavía es pronto! —Luego me miró atentamente a los ojos—: ¿O lo estoy aburriendo? No paro de hablar y le arrastro de aquí para allá desde esta mañana. No es bueno que las mujeres sean excesivamente cordiales. Lo digo en serio, si está aburrido, lo dejo en paz.

Le cogí las manos. Durante un rato no fui capaz de contestar.

Tampoco la miré a la cara. A pesar de todo, pero sólo cuando estuve bien seguro de entender lo que sentía en el corazón, le dije:

—Le estoy muy agradecido.

—Y yo a usted —contestó, y apartó las manos.

Cuando salimos a la calle, añadió:

—Venga, vamos a un café que hay cerca de aquí. Es un sitio muy agradable. Verá a una gente tremenda.

—¿Al Romanisches Café?

—Sí, ¿lo conoce? ¿Ha ido?

—No, he oído hablar de él.

Se echó a reír.

—¿A los amigos que se quedan sin blanca a fin de mes?

Le sonreí y miré al suelo.

Había oído que aquel café, frecuentado por artistas, se llenaba cada noche a partir de las once de mujeres mayores con dinero en busca de jovencitos, por lo que a esas horas acudían allí gigolós de todas las nacionalidades y todas las edades dispuestos ofrecer sus servicios.

Como todavía era pronto, en el café sólo había jóvenes artistas. Se sentaban en grupos y discutían en voz alta. Subimos a la planta de arriba por una escalera entre columnas. A duras penas pudimos encontrar una mesa libre.

A nuestro alrededor se sentaban pintores jóvenes con sombreros negros de ala ancha y pelo largo a la francesa, así como escritores que, con la pipa en los labios, llenaban hojas y hojas de escritura con sus dedos de uñas largas.

Un joven alto, rubio, con unas patillas que le llegaban a la altura de la boca, nos hizo señas desde lejos y se acercó a nuestra mesa.

—¡Saludos a la «Madona con abrigo de piel»! —dijo, tomando entre sus manos la cabeza de Maria y besándola primero en la frente y luego en las mejillas.

Bajé la mirada y esperé. Hablaron de esto y de lo de más allá. Al parecer habían expuesto sus cuadros en la misma galería. Por fin se alejó no sin antes estrechar la mano de Maria sacudiéndola con demasiado ímpetu y despedirse de mí con un «¡Adiós, muy buenas, joven caballero!», que debía de ser el estilo de los artistas.

Yo seguía mirando al suelo.

—¿En qué piensas? —me preguntó ella.

—Me ha tuteado, ¿se ha dado cuenta?

—Sí. ¿No quiere que lo haga?

—¡Claro que sí! ¡Muchas gracias!

—¡Uf! ¡Me da tanto las gracias...!

—En Oriente somos muy corteses. ¿Sabe qué estaba pensando? Que cuando ese hombre la ha besado no he sentido ningún tipo de celos.

—¿De verdad?

—Y me pregunto por qué no estoy celoso.

Nos miramos largamente. Era una mirada escrutadora, pero también de complicidad.

—Hábleme un poco de usted —me pidió.

Asentí. Llevaba días planeando contarle tantas cosas... Pero ahora no se me ocurría ninguna de las que había pensado explicarle y sólo me venían a la mente otras ideas. Por fin me decidí y empecé a hablar de un tema al azar. No le conté un suceso en particular, sino que le hablé de mi niñez, del servicio militar, de los libros que había leído, de los sueños que me había forjado, de nuestra vecina Fahriye y de los bandoleros. Secretos que hasta ahora no me había atrevido a confesarme ni a mí mismo salían de sus escondrijos y emergían sin avisar. Como era la primera vez que le hablaba de mí a alguien, quería mostrarme en toda mi desnudez, sin ocultar nada. Me esforzaba tanto para no mentirle, para no distorsionar mi imagen, para no alterar nada, que a veces acababa apartándome de la realidad y exagerando mis defectos en mi empeño por dejarlo todo claro.

Recuerdos, sentimientos reprimidos desde hacía mucho tiempo, emociones acalladas, se vertían al exterior como un torrente, crecían sin parar y se hinchaban, cada vez con mayor celeridad. Me abría por completo al ver con qué atención me escuchaba, cómo sus ojos recorrían mi cara como si intentaran comprender lo que no era capaz de expresar en palabras. A veces movía lentamente la cabeza como si asintiera; otras, entreabría la boca asombrada. Cuando me emocionaba demasiado, me acariciaba suavemente la mano, y cuando mis palabras adquirían un tono de queja, me sonreía con afecto.

En cierto momento interrumpí mi discurso como si una fuerza desconocida me hubiera pellizcado. Miré el reloj. Eran casi las once. Las mesas a nuestro alrededor estaban vacías.

—Pero, ¡va a llegar tarde al trabajo! —grité, y me puse en pie de un salto.

Se recompuso, me apretó las manos y se levantó sin prisa.

—Tiene razón. —Y mientras se colocaba la boina, añadió—: ¡Con lo a gusto que estábamos charlando!

La acompañé hasta la puerta del Atlantik. Por el camino prácticamente no hablamos. Ambos estábamos satisfechos pero también absortos, como si intentáramos asentar en nuestro interior las impresiones de esa noche. Poco antes de llegar a nuestro destino vi que a ella le daba un escalofrío.

—Por mi culpa no ha podido ir a casa a ponerse las pieles. ¡Se va a resfriar! —dije.

—¿Por su culpa? Sí, es verdad, por usted. Pero la culpa es mía. No tiene importancia. Caminemos más deprisa.

—¿La espero para acompañarla de vuelta a casa?

—No, no. Ni hablar. ¡Mañana nos vemos!

—Como quiera.

Se arrimó un poco más a mí, quizá para calentarse. Cuando llegamos a la puerta iluminada por las bombillas, se detuvo, me soltó el brazo y me tendió la mano. Tenía una expresión muy seria y pensativa. Tiró de mí y me arrastró hasta la pared. Entonces se inclinó hacia mí.

—Así que no está celoso, ¿eh? ¿De verdad me quiere tanto? —me susurró, con la mirada fija en la acera.

De repente levantó la vista y empezó a mirarme con curiosidad. Como no daba con las palabras adecuadas para explicarle lo que sentía en ese momento, empecé a notar una opresión en el pecho y que se me secaba la boca. Me daba miedo que cualquier palabra, mejor dicho cualquier sonido que saliera de mi boca, pudiera arruinar y enturbiar mi felicidad. Ella seguía mirándome a la cara, ahora con un poco de temor. Me di cuenta de que se me saltaban las lágrimas de pura desesperación. Entonces su expresión se relajó. Cerró los ojos un segundo, como si estuviera haciendo un esfuerzo para recuperar la calma. Luego me cogió la cabeza, me besó en la boca, dio media vuelta y, sin decir nada, echó a andar lentamente y entró en el cabaret.

Regresé a la pensión casi corriendo. No quería pensar ni recordar nada. Los acontecimientos de esa noche eran tan valiosos para mí que me daba miedo tocarlos aunque fuera sólo con el recuerdo. De la misma forma en que hacía un instante me había preocupado que cualquier sonido que saliera de mi boca echara a perder aquel momento inimaginable de felicidad, ahora lo que temía era dañar los sucesos maravillosos que había vivido durante unas horas y su inusual armonía si meditaba sobre ellos.

La escalera oscura de la pensión me pareció casi acogedora y me reconfortó reencontrarme con los olores que impregnaban los pasillos.

A partir de entonces, Maria Puder y yo empezamos a quedar a diario para salir a pasear. Aunque habíamos hablado largo y tendido aquella primera noche, aún teníamos mucho más que contarnos. La gente que nos encontrábamos y los paisajes que descubríamos en aquellos paseos nos daban la oportunidad de exteriorizar lo que pensábamos y de reconfirmar lo parecidas que eran nuestras formas de ver el mundo. Aquella complicidad se hacía patente en cada uno de nuestros razonamientos, idénticos en muchos casos. Es cierto que influía en ello el hecho de que ambas partes estuvieran dispuestas de antemano a aceptar y hacer suyas las ideas de la otra, pero ¿no era eso, aplaudir las opiniones del otro y buscar excusas para hacerlas propias, una prueba de la afinidad de nuestras almas?

La mayoría de las veces visitábamos museos y galerías. Me explicaba los cuadros de los maestros, nuevos y antiguos, y debatíamos sobre su valor. En varias ocasiones regresamos al jardín botánico y un par de noches fuimos a la ópera, pero renunciamos a volver porque se le hacía muy duro tener que marcharse a las diez o diez y media de la noche para ir a trabajar.

—No es sólo por la hora, hay otra razón por la que no quiero ir a la ópera —me dijo un día—. Después de salir de allí, cantar en el Atlantik me parece el trabajo más ridículo y vulgar del mundo.

Yo iba a la fábrica sólo por las mañanas y prácticamente dejé de ver a los demás inquilinos de la pensión. Frau Heppner intentaba provocarme diciendo «Por lo visto, alguien lo ha atrapado», pero yo me limitaba a sonreír y no le seguía la corriente. No me apetecía que Frau Van Tiedemann se enterara de nada. Es probable que a Maria no le importara, pero a mí, quizá con una prudencia heredada de mi Turquía natal, me parecía necesario.

En realidad no teníamos nada que ocultar. Desde aquella primera noche, nuestra amistad había permanecido dentro de los límites que habíamos establecido y ninguno de los dos buscó nunca una excusa para sacar a colación la escena frente al Atlantik. Al principio, lo que nos unía era sobre todo la curiosidad. Nos preguntábamos qué más habría y hablábamos bastante. Luego el hábito ocupó el lugar de la curiosidad. Si, por el motivo que fuera, no nos veíamos en dos o tres días, nos echábamos muchísimo de menos. Cuando por fin nos encontrábamos, nos alegrábamos tanto como si fuéramos dos niños a los que habían separado y andábamos un buen rato cogidos de la mano. Yo la quería mucho. Sentía que acumulaba tanto amor dentro de mí como para querer al mundo entero y estaba feliz de poder dárselo por fin a alguien. Y era evidente que yo le gustaba y que ella también me buscaba, aunque nunca daba pie a que lleváramos nuestra amistad más allá. Un día, mientras paseábamos por Grunewald, un bosque en los alrededores de Berlín, me pasó el brazo por los hombros y siguió caminando así, apoyada en mí. La mano que colgaba por mi hombro oscilaba ligeramente y Maria movía el índice como si dibujara círculos en el aire. Con un deseo que no sé de dónde surgió, le cogí la mano y la besé en la palma. De inmediato apartó el brazo con un movimiento suave pero decidido. No hablamos del asunto y continuamos nuestro paseo, pero su seriedad en aquel momento fue lo suficientemente clara y firme como para que a partir de entonces yo procurara no volver a dejarme llevar por mis sentimientos. En ocasiones hablábamos sobre cuestiones de amor. Al ver su indiferencia y su forma de analizarlo, como si fuera algo totalmente ajeno a ella, sentía en mi interior una opresión extraña. Sí, había aceptado todas sus condiciones y estaba dispuesto a admitir cualquier cosa. Sin embargo, a veces me las ingeniaba para trasladar sus argumentos a nuestra situación y así poder analizar nuestra amistad. En mi opinión, no existía un concepto absoluto e independiente llamado «amor». Todo el afecto y toda la simpatía que se manifiestan bajo formas diversas entre dos personas era una especie de amor. Simplemente cambiaba de nombre y de forma según el lugar. No llamar por su verdadero nombre al cariño entre hombre y mujer era engañarnos a nosotros mismos.

—¡No, amigo mío, no! —Maria se reía y negaba con el dedo índice—. El amor no es en absoluto lo que usted dice, una modesta simpatía o un cariño profundo. Es un sentimiento completamente distinto, que no podemos describir; que, de la misma manera que no sabemos de dónde viene, el día menos pensado se va sin decirnos adónde. Por el contrario, la amistad es permanente y se basa en el entendimiento. Podemos señalar cuándo ha comenzado y, si naufraga, podemos analizar las causas. Si hay algo opuesto al amor, son los análisis. Además, piense: en el mundo hay mucha gente que nos gusta; por ejemplo, yo tengo amigos a los que quiero de verdad y he de confesar que usted, muy señor mío, está a la cabeza; pero ¿significa eso que estoy enamorada de todos ellos?

—Sí —contesté, para reafirmarme así en mi opinión—. ¡Está enamorada del que más quiere de verdad y un poco de los otros!

Entonces, Maria me dio una respuesta que no me esperaba lo más mínimo:

—En ese caso, ¿por qué decía que no estaba celoso?

Reflexioné un momento sin saber qué decir y luego intenté explicarme:

—Alguien que tenga en su interior la capacidad de amar de verdad nunca concentrará su amor en una única persona ni esperará que nadie lo haga. Cuanta más gente amemos, con mayor intensidad querremos a quien amamos en primer lugar. El amor no es algo que se agota cuando se reparte.

—¡Creía que los orientales pensaban de otra manera!

—Pues no es mi caso.

Maria clavó la mirada en un punto fijo y se quedó absorta un buen rato.

—El amor que yo espero es distinto —dijo por fin—. Es algo fuera de toda lógica, indescriptible y de naturaleza desconocida. Que te guste alguien, quererlo, es una cosa, y desear con todo tu cuerpo y toda tu alma, desearlo todo, es algo muy distinto. En mi opinión, eso es el amor. ¡Un deseo irresistible!

—A lo que usted se refiere es a la pasión del instante —repliqué con tono seguro, como si la hubiera pillado en falta—. El cariño que uno tiene dentro se acumula, se concentra cuando menos se lo espera, en el momento menos oportuno, y, del mismo modo que la luz del sol que calienta de forma tan agradable quema si se concentra en un punto al pasar por una lente, ese cariño nos envuelve y prende la llama. No creo que sea correcto afirmar que es algo que viene de repente de fuera. Es la violencia de unos sentimientos que ya tenemos dentro y que al desatarse, nos desconcierta.

Dejamos ahí la discusión, pero la retomamos en otras ocasiones. Presentía que ni mis palabras ni sus opiniones eran acertadas al cien por cien. Era evidente que a ambos, por muy abiertos que quisiéramos ser con el otro, nos movían ideas y deseos ocultos y oscuros que no se subordinaban a nuestra voluntad. Aunque coincidiéramos en muchos puntos, había otros en que no estábamos de acuerdo, y cuando una de las partes se adaptaba a la otra, lo hacía sólo por un fin que consideraba más importante. No temíamos mostrar ni siquiera los rincones más ocultos de nuestras almas y discutir sobre ellos, pero, a pesar de todo, había facetas que no tocábamos porque ni siquiera nosotros mismos las conocíamos demasiado bien; aun así, un sexto sentido me susurraba al oído que eran esos detalles precisamente lo que de verdad importaba.

Como hasta ese momento no había coincidido con nadie tan afín a mí, en mi caso, por encima de todo estaba el deseo de conservar a esa persona. Tal vez mi meta última fuera poseerla por completo, sin falta, en todo su ser, físico y espiritual, pero, por miedo a perder lo que ya tenía, no me atrevía a volver la mirada hacia ese anhelo y me quedaba quieto, como aquel que quiere capturar un pájaro hermoso que está contemplando y evita hacer cualquier movimiento que pueda espantarlo.

De una forma imprecisa, sentía que aquella inmovilidad, aquella vacilación temerosa, era todavía más dañina, y que en las relaciones no es posible quedarse petrificado en un punto concreto, porque cada paso que no se da es un paso atrás, y los instantes que no acercan a dos personas las alejan. Notaba que empezaba a invadirme una preocupación que ardía quedamente pero que aumentaba cada día que pasaba.

No obstante, tendría que haber sido una persona completamente distinta para cambiar mi manera de actuar. Aunque era consciente de que daba vueltas sin cesar alrededor del punto vital, desconocía los caminos que llevaban a él y tampoco los buscaba. Ya no quedaba nada de mi timidez y mi hastío anteriores. Ya no me encerraba en mí mismo y desplegaba sin reparos mi alma, quizá incluso de forma un poco extremada, pero siempre a condición de no tocar ese punto vital.

No sé si por aquel entonces reflexionaba sobre todo esto de una forma tan lúcida y profunda. Hoy, después de más de doce años, revivo mi estado de ánimo en esos momentos y éstas son las conclusiones que extraigo. El paso del tiempo también ha filtrado y puesto a prueba mis opiniones sobre Maria.

Lo que sí comprendía entonces era que a Maria también la acosaban sentimientos contradictorios. En ocasiones se mostraba apática, incluso fría; en otras, se emocionaba de repente y se interesaba por mí de una manera exagerada, como si ella quisiera insuflarme esa audacia que yo me prohibía, y casi se podría decir que me provocaba abiertamente. Pero la exaltación se le pasaba enseguida y entonces volvía a instaurarse esa atmósfera de vieja amistad que habíamos creado. Estaba claro que ella, como yo, se había dado cuenta de que habíamos abocado nuestra relación a un callejón sin salida en nuestro empeño de no ir más allá de la amistad. Sin embargo, y a pesar de que yo no era lo que ella buscaba, veía en mí cualidades que consideraba lo bastante valiosas como para despreciarlas sin más y evitaba todo lo que creía que podía provocar que me distanciara.

Aquellos complejos sentimientos se ocultaban en los rincones más recónditos de nuestros respectivos corazones, como si temieran ser descubiertos, y nosotros, como siempre, seguíamos siendo dos amigos del alma que se buscan, se quieren y que, tras pasar un rato juntos, se sienten más felices y más ricos.

Pero de repente todo cambió y tomó una dirección inesperada. Era a finales de diciembre. Su madre se había ido a casa de unos parientes lejanos, cerca de Praga, a pasar la Navidad. Maria estaba muy contenta.

—Una de las cosas que más nerviosa me ponen es ese abeto con velas y adornos dorados —decía—. No lo atribuya a que soy judía. Teniendo en cuenta que me parecen ridículos todos esos ritos absurdos a los que recurre la gente con la esperanza de creer que es feliz aunque sea sólo por un momento, comprenderás que tampoco me agrade el judaísmo, con sus ceremonias y todas esas leyes complicadas y arbitrarias. De hecho, hasta mi madre, protestante de pura sangre alemana, está apegada a estas tradiciones sólo porque es mayor y porque no tiene otra cosa que hacer. Si cree que lo que digo es una blasfemia, se debe, más que a sus principios religiosos, a que teme que le fastidie la paz espiritual de estos días.

—¿Tampoco significa nada para ti el Año Nuevo? —le pregunté.

—No. ¿En qué se diferencia de los demás días del año? ¿Lo ha distinguido la naturaleza de alguna manera? Ni siquiera creo que sea importante que señale que ha pasado un año más en nuestras vidas, porque el dividir las vidas en años es un invento de los seres humanos. La vida consiste en un único camino que va del nacimiento a la muerte y cualquier división que se le haga es artificial. Pero dejémonos de filosofía y, si quieres, vamos juntos a algún sitio en Nochevieja. Terminaré en el Atlantik antes de medianoche porque cuentan con muchas actuaciones estupendas. Salgamos juntos y emborrachémonos, como hace la gente. Es agradable librarse de las ataduras de vez en cuando y dejarse llevar por la corriente. ¿Qué me dices? Y además nunca hemos bailado, ¿no?

—No, no lo hemos hecho.

—La verdad es que no me gusta demasiado bailar, pero de vez en cuando, si me gusta mi pareja de baile, puedo soportarlo.

—¡Pues no creo que vayas a disfrutarlo!

—Yo tampoco... Pero, bueno, por amistad se hacen sacrificios...

En Nochevieja cenamos juntos y nos quedamos en el restaurante hasta que Maria tuvo que irse a trabajar. Cuando llegamos al Atlantik, ella se dirigió a la parte de atrás para cambiarse mientras que yo me instalé en la misma mesa en la que nos habíamos sentado la primera noche. Habían decorado la sala con serpentinas de papel, farolillos de colores y guirnaldas doradas. Los presentes parecían estar ya borrachos, y casi todas las parejas que bailaban se besaban y se manoseaban. Aunque no tenía motivos, me sentía un tanto deprimido. «¿Y qué esperabas? —me decía—. A ver, ¿qué tiene de extraordinaria esta noche? No es más que algo que nos hemos inventado y que nos hemos empeñado en creernos. Sería mejor que todo el mundo se fuera a casa a dormir. ¿Qué es lo que vamos a hacer? Abrazarnos y dar vueltas como éstos. Con la diferencia de que nosotros no nos besaremos... Me pregunto si sabré bailar.»

Durante los meses que había asistido a la Academia de Bellas Artes de Estambul, unos compañeros me habían enseñado algunos bailes que habían aprendido de los rusos blancos que por entonces llenaban la ciudad, e incluso era capaz de bailar un poco el vals... Pero llevaba sin practicar quizá más de un año y medio, ¿se me daría bien esa noche? «¡No te preocupes, hombre, si ves que no, lo dejas estar y te sientas!», me dije.

La actuación de Maria duró algo menos de lo que me esperaba y se perdió un poco entre el jolgorio. Esa noche todos preferían representar su propio número. En cuanto Maria se cambió, salimos. Fuimos a un local muy grande llamado Europa, frente a la estación de Anhalter. Era completamente distinto al pequeño e íntimo Atlantik. En una sala tan inmensa que se extendía hasta donde alcanzaba la vista, bailaban sin parar cientos de parejas. Las mesas estaban llenas de botellas de todos los colores. Se veía a personas dormidas con la cabeza apoyada en la mesa y a otras sentadas en el regazo de su pareja.

Maria estaba tan contenta esa noche que incluso resultaba extraño.

—Si llego a saber que te ibas a quedar ahí sentado con la cara larga, me habría buscado otro galán —me decía, dándome golpecitos en el brazo.

Bebía los ásperos vinos del Rin a una velocidad que me tenía asombrado, y se hacía servir uno detrás de otro, con lo que me forzaba a que bebiera yo también.

Sin embargo, la verdadera diversión empezó después de medianoche. En el local se mezclaban los gritos, las carcajadas, el estruendo de música que llegaba de los cuatro costados y perforaba los tímpanos y el retumbar de los pasos de las parejas que bailaban el vals a la antigua. Allí podía verse en todo su esplendor el entusiasmo desenfrenado de los años de la posguerra. Era realmente triste observar a muchachos de cuerpos escuálidos, caras con pómulos prominentes y ojos brillantes como si padecieran una enfermedad nerviosa, perdidos en una alegría desmedida; o a mujeres jóvenes que creían que habían encontrado en la desinhibición sexual la mejor forma de rebelarse contra las ataduras injustas e irracionales de la sociedad y contra sus prejuicios. Maria volvió a ponerme una copa en la mano.

—Raif, Raif, no lo estás haciendo bien... —susurró—. Ya ves cuánto me he esforzado por no dejarme llevar por un aburrimiento y una melancolía terribles. Vamos, seamos otras personas al menos esta noche. Imagínate que no somos nosotros. Que somos una pareja más de las muchas que llenan esta sala. De hecho, está por ver si todos los que están aquí son lo que parecen. No quiero, me niego a creer que soy más lista y más sensible que los demás. ¡Vamos, bebe y ríe!

Comprendí que empezaba a estar un poco borracha. Se levantó de su silla, se sentó junto a mí y me echó el brazo por los hombros. Mi corazón latía a la velocidad del de un pájaro atrapado en una trampa hecha con liga. Ella creía que yo estaba triste, pero no era así; estaba tan feliz que era incapaz de reír, porque me tomaba mi felicidad muy en serio.

Empezaron a tocar un vals. Me incliné lentamente hacia su oído.

—Vamos —dije—. Aunque no sé bailar muy bien...

Fingió no haber oído la segunda parte de lo que había dicho y se puso en pie de un salto.

—¡Vamos!

Girábamos entre la multitud. Aquello no era bailar ni nada por el estilo; el azar arrastraba caprichosamente de aquí para allá nuestros cuerpos aprisionados por todas partes. Pero ninguno de los dos nos quejábamos. Maria clavaba la mirada en mí. En aquellos ojos negros y distantes de vez en cuando brillaba algo que me era incomprensible y me turbaba. De su pecho emanaba un aroma a piel, suave pero increíblemente delicioso. Y por encima de todo predominaba la sensación de estar junto a ella, de ser algo para ella.

—Maria —susurré—. ¿Cómo es posible que un ser humano haga tan feliz a otro? ¡Qué fuerzas más extraordinarias escondemos!

Por sus ojos volvió a cruzar aquel brillo. Me miró durante unos segundos y luego se mordió el labio. Su mirada estaba opaca y vacía.

—¡Vamos a sentarnos! —dijo—. ¡Cuánta gente! ¡Me parece que estoy empezando a agobiarme!

Bebió varias copas de vino seguidas. De pronto, se levantó.

—Ahora vengo —dijo, y se alejó tambaleándose.

La esperé un buen rato. A pesar de su insistencia, había evitado beber demasiado. Más que borracho, estaba aturdido. Me dolía la cabeza. Pasaron cerca de quince minutos y no había vuelto; empecé a sentirme inquieto. Me recorrí todos los servicios por si se había caído en algún sitio, pero sólo vi a mujeres que intentaban sujetar los enganchones de sus vestidos con imperdibles o que se retocaban el maquillaje ante el espejo. En ninguno de los baños encontré a Maria. Luego comprobé, una tras otra, que no se hallara entre las mujeres que se habían quedado dormidas acurrucadas en los canapés a los lados de la sala. No la encontré. Creció en mí una preocupación que en un momento dado se hizo extremadamente violenta. Corrí de un lado al otro de la sala chocando con la gente que estaba sentada o de pie. Fui a la planta inferior bajando varios escalones de un salto y la busqué allí. No estaba.

Entonces mi mirada se coló entre los cristales cubiertos de vaho de la puerta giratoria de la entrada y allí, en el exterior, distinguí algo blanco. Me lancé hacia la puerta y salí. Di un grito al ver a Maria que, con los brazos a la altura de la cabeza, se apoyaba en uno de los árboles que había junto a la puerta con la frente pegada al tronco. No llevaba otra cosa encima que el vestido fino de lana. Sobre el cabello y la nuca le caían lentamente copos de nieve. Al oír mi voz, se volvió y me sonrió.

—¿Dónde estabas?

—¡Dónde estabas tú! ¿Qué haces? ¿Te has vuelto loca? —grité.

—¡Calla! —dijo, llevándose el dedo a los labios—. Quiero tomar el aire y refrescarme un poco. ¡Vámonos de aquí!

Conseguí meterla en el local prácticamente a la fuerza; encontré una silla e hice que se sentara. Subí, pagué la cuenta y recogí del guardarropa mi abrigo y sus pieles. Salimos y echamos a andar; se nos hundían en la nieve que cubría la calle.

Me agarraba del brazo con fuerza e intentaba andar deprisa. Por las calles había muchas parejas ebrias, y en las grandes avenidas, grupos más grandes de gente. Mujeres vestidas con prendas tan ligeras que daba la sensación de que habían salido a la calle con ropa de verano se reían alegres y cantaban, como si con ese tiempo y a esas horas, las dos o las tres de la madrugada, estuvieran dando un agradable paseo primaveral.

Maria tiraba de mí para pasar lo más rápido posible entre aquel alborozo achispado. Respondía con una sonrisa superficial a los que le lanzaban piropos o pretendían abrazarla al paso, se escabullía con habilidad de entre sus manos y seguía su camino mientras me arrastraba. Ahora me daba cuenta de lo mucho que me había equivocado al creer que estaba tan ebria como para no tenerse en pie.

Aminoró el paso cuando llegamos a calles un poco menos concurridas. Respiraba rápida y entrecortadamente. Dio un suspiro hondo y luego se volvió hacia mí.

—¿Qué? ¿Estás contento con la velada? ¿Te has divertido? Ah, yo me he divertido muchísimo. Tanto, tanto que...

Se echó a reír a carcajadas. De repente le dio un ataque de tos. Se retorcía como si se fuera a ahogar y se estremecía, aunque no me soltaba el brazo.

—¿Qué te pasa? ¿Lo ves? Te has resfriado —dije en cuanto se calmó un poco.

—¡Ah!, me lo he pasado tan bien... —contestó con la cara risueña.

Me daba miedo que fuera a echarse a llorar en cualquier momento; esa vez era yo quien quería dejar al otro en su casa lo antes posible.

Más adelante empezó a tropezar, como si las fuerzas y la voluntad la hubieran abandonado. En cambio, a mí el aire frío me había despejado por completo. La agarraba con fuerza de la cintura y tiraba de ella, aunque de vez en cuando la pisaba sin querer. Casi nos caemos rodando por la nieve al cruzar una calle. Maria Puder murmuraba palabras confusas con una voz apenas audible. En un primer momento creí que estaba intentando cantar para sí misma, pero luego presté atención pues comprendí que se estaba dirigiendo a mí.

—Sí... Así soy yo... —decía—. Raif... Querido Raif... Así soy yo... ¿No te lo había dicho? No tengo dos días iguales... Pero no hace falta ponerse triste. Eres un buen chico... ¡Está claro que eres un buen chico! —Entonces empezó a sollozar, aunque enseguida continuó hablando—: No, no, no hace falta ponerse triste...

Media hora más tarde llegamos a la puerta de su casa. Apoyó la espalda en la pared de la escalera y esperó.

—¿Dónde tienes las llaves? —pregunté.

—No te enfades, Raif... ¡No te enfades conmigo! Aquí... Tienen que estar en el bolsillo.

Metió la mano en el abrigo de piel y sacó un manojo de tres llaves y me lo tendió.

Abrí la puerta y cuando me volví para ayudarla se escabulló y empezó a subir la escalera a todo correr.

—¡Te vas a caer! —le dije.

Me respondió sin aliento:

—No... ¡Subo sola!

Con las llaves en la mano, corrí tras ella. Estaba en uno de los pisos de arriba y me llamó desde la oscuridad:

—Estoy aquí. Abre esta puerta.

Abrí a tientas. Entramos juntos. Encendió las luces del cuarto. A primera vista llamaban la atención el mobiliario viejo pero muy bien conservado y una bonita cama de roble.

Me quedé parado en medio de la habitación, sin moverme. Maria se quitó las pieles, las dejó a un lado y me señaló una silla.

—¡Siéntate!

Ella se dejó caer a un lado de la cama. A gran velocidad se quitó los zapatos y las medias, se sacó el vestido por la cabeza, lo tiró a una silla y se metió entre las sábanas.

Me levanté de mi asiento; sin decir nada alargué la mano hacia ella. Me miró de arriba abajo como si estudiara a alguien que veía por primera vez, y en su cara se dibujó una sonrisa de embriaguez. Bajé la mirada. Cuando volví a alzarla vi que se había incorporado un poco en la cama. Tenía los ojos abiertos y pestañeaba una y otra vez como si quisiera despertar completamente de un sueño; en su mirada me pareció ver preocupación. El hombro y el brazo derechos, que sobresalían de la colcha blanca, eran tan pálidos y níveos como la cara. Apoyaba el codo izquierdo en la almohada.

—¡Te vas a enfriar! —dije.

Tiró súbitamente de mi brazo y me hizo sentarme a un lado de la cama. Luego se me acercó, me cogió ambas manos y colocó su cara entre mis palmas.

—Ah, Raif. ¿Así que tú también puedes ser así? Tienes razón. Pero ¿qué le voy a hacer? Si supieras... Ay, si supieras... Pero nos lo hemos pasado bien, ¿verdad? Seguro... No, no, ¡lo sé! No apartes las manos. Nunca te había visto así. ¡Qué serio te pones! Pero ¿por qué?

Levanté la cabeza. Se sentó de rodillas en la cama, a mi lado, y me puso las manos en las mejillas.

—¡Mírame! Lo que estás pensando no es cierto. Te lo probaré. En realidad, me lo probaré a mí misma... ¿Por qué estás así? ¿Sigues sin creerme? ¿Todavía dudas?

Cerró los ojos. Fruncía el ceño y las cejas haciendo un esfuerzo, como si tratara de aprehender algo que corría de aquí para allá en el interior de su mente y no fuera capaz de atraparlo. Me di cuenta de que le temblaban los hombros desnudos, así que tiré de la colcha y la envolví con ella, sujetándola para que no se le resbalara.

Abrió los ojos. Sonriendo desconcertada, dijo:

—Eso es... Tú también te ríes, ¿no? —Entonces, incapaz de continuar hablando, posó la mirada en un rincón del cuarto.

Le caía el pelo por la frente. Como el haz de luz eléctrica la iluminaba de lado, la sombra de las pestañas se dibujaba sobre la parte alta de la nariz. El labio inferior le temblaba ligeramente. En ese momento su cara era más bella que la del cuadro y que la de la *Madona de las Arpías*. La acerqué a mí con el brazo con que sostenía la colcha.

Noté que se estremecía. Respiraba entrecortadamente.

—Por supuesto, por supuesto... Por supuesto que lo amo. Y mucho. ¿Es posible no hacerlo? Probablemente lo amo... Seguro que lo amo... Pero ¿de qué se sorprende? ¿Creía que sería de otra manera? Comprendo lo mucho que me ama. Y, sin duda, yo lo amo otro tanto.

Tiró de mi cabeza hacia ella e inundó mi cara con besos ardientes.

Cuando me desperté por la mañana sentí su respiración profunda y regular. Dormía con el brazo bajo la cabeza y me daba la espalda. Su pelo se desparramaba en ondas por la almohada blanca. Tenía la boca entreabierta y un vello ligerísimo en las comisuras de los labios. Al respirar se le movían las aletas de la nariz y algunos cabellos que le caían sobre la boca se elevaban en el aire y volvían a descender.

Reposé la cabeza en la almohada y esperé con la mirada fija en el techo. Sentía cierta impaciencia, además de curiosidad por saber cómo me miraría y qué me diría cuando despertara, aunque, por otro lado y sin motivo aparente, también me preocupaba ese momento. No hallaba dentro de mí la calma y la seguridad que había pensado que encontraría tan pronto como abriera los ojos. Y no acababa de entender la razón. ¿Por qué seguía temblando como un acusado que aguarda el veredicto? ¿Qué más podía pedirle? ¿Qué más esperaba de ella? ¿Acaso no se habían cumplido con creces todos mis deseos?

Sentía una especie de vacío en mi interior, un vacío que me provocaba una opresión casi física. Algo faltaba, pero ¿qué? Me sentía muy inquieto, como quien, después de salir de casa, se da cuenta de que ha olvidado algo, rebusca en los bolsillos y la memoria incapaz de encontrar qué es lo que se ha dejado y al fin, perdida la esperanza, continúa su camino con pasos reticentes y dejando la mente atrás.

Noté que desde hacía un rato la respiración de Maria había dejado de ser pausada y profunda. Levanté lentamente la cabeza y la miré. Tenía la vista clavada en un punto indefinido. No se había movido, ni siquiera se había apartado el pelo que le caía sobre la cara. Aunque sabía que yo la estaba observando, siguió mirando aquel punto ignoto y no se volvió. No pestañeaba. Comprendí que estaba despierta desde hacía bastante rato y sentí que de repente crecía mi preocupación y que un cerco invisible me envolvía y me oprimía el pecho.

Me reprochaba todas esas sensaciones absurdas y miedos sin fundamento y me decía que no debía permitir que esas quimeras y esos presagios funestos ensombrecieran el día más luminoso de mi vida.

—¿Está despierto? —me preguntó sin volverse.

—Sí. ¿Hace mucho que se ha despertado usted?

—Hace un poco.

Su voz me infundió valor de nuevo. Aquella voz, que desde hacía mucho tiempo era la más dulce para mis oídos y que sólo despertaba en mí buenos recuerdos, me había procurado cierto alivio espiritual, como si fuera un amigo de confianza que aparece de repente. Sin embargo, el efecto no había durado ni un día. Me había preguntado: «¿Está despierto?» Cierto, en los últimos días nos tratábamos de tú o de usted un poco al azar, pero ¿tenía que tratarme de usted la mañana de aquella noche?

A lo mejor todavía no se había despertado del todo.

Se volvió hacia mí. Sonreía, pero no era la sonrisa sincera y cercana de siempre. Más bien se parecía a la que dedicaba a los clientes del Atlantik.

—¿No te levantas? —preguntó.

—Ahora, ¿y tú?

—No lo sé... No me encuentro muy bien. Siento cierto malestar. Quizá por la bebida. Y me duele la espalda.

—Puede que anoche te enfriaras. ¿Cómo se te ocurre salir a la calle medio desnuda?

Maria se encogió de hombros y me dio la espalda otra vez.

Me levanté, me lavé la cara y me vestí a toda prisa. Intuía que me vigilaba de reojo desde la cama.

En el cuarto se respiraba un ambiente tenso. Intenté hacer un chiste:

—Pero qué callados nos hemos quedado. ¿Qué nos pasa? ¿De verdad hemos empezado a aburrirnos el uno del otro, como los matrimonios?

Me miró como si no entendiera qué quería decir. Me angustié todavía más y guardé silencio. Luego me acerqué a la cama; me apetecía acariciarla, romper el hielo entre nosotros antes de que se volviera inquebrantable. Se incorporó, puso los pies en el suelo y se echó por encima una chaqueta ligera de punto. Seguía sin mirarme a la cara. En su actitud había rechazo.

—¿Por qué te aburres? —dijo por fin con voz tranquila. De pronto, su pálida cara adquirió un tono rosado que hasta entonces no le había visto. El pecho le subía y le bajaba lentamente. Continuó—: ¿Qué más quieres? ¿Qué más puedes pedir? Yo quiero muchas cosas y no consigo ninguna. He recurrido a todos los métodos: es inútil. ¡Tú ya puedes darte por satisfecho! Pero ¿qué voy a hacer yo?

Dejó caer la cabeza hacia delante. Los brazos le colgaban inertes. Rozaba la alfombra con la punta de los pies descalzos. Tenía el dedo gordo levantado y los otros doblados hacia abajo.

Acerqué una silla y me senté frente a ella. Le cogí las manos.

—Maria. ¡Maria! ¡Mi «Madona con abrigo de piel»! ¿Qué ha pasado? ¿Qué te he hecho? Te prometí que no te pediría nada. ¿No he mantenido mi palabra? ¿Qué es lo que tratas de decirme en este momento en que es más necesario que nunca que estemos unidos? —dije con la voz temblorosa por la emoción, como quien sabe que está a punto de perder su tesoro más preciado, la razón de su existencia.

—No, amigo mío, ¡no! —respondió, negando con la cabeza—. ¡Estamos más alejados que nunca el uno del otro! Porque ya no me queda esperanza. Éste era mi último intento... Voy a probar una vez, me dije. Quizá es lo que falta, pensé. Pero no... Sigo sintiendo ese vacío dentro de mí. Y ahora es más grande. ¿Qué le vamos a hacer? No es culpa tuya. No estoy enamorada de ti. Sin embargo, sé perfectamente que si hubiera de enamorarme de alguien en el mundo sería de ti, que no podré amar a nadie si no he sido capaz de amarte a ti, que tendré que abandonar toda esperanza... Pero no puedo evitarlo. Así es como soy. No me queda otro remedio que aceptarlo. ¡Cuánto me habría gustado! Cuánto me habría gustado que fuera de otra manera... Raif, mi bondadoso amigo, puedes estar seguro de que me habría gustado que fuera de otro modo tanto como a ti si no más. ¿Qué puedo hacer? No siento nada aparte de sequedad de boca por el vino de anoche y un dolor de espalda cada vez más intenso.

Guardó silencio un momento. Cerró los ojos. Su expresión se relajó y se llenó de ternura. Con una voz tan dulce como si me contara un cuento de su infancia, continuó:

—Anoche, sobre todo cuando llegamos aquí, ¡albergué tantas esperanzas! Pensé que, como por arte de magia, cambiaría por completo, que sentiría en el alma las emociones inocentes de una niña pequeña y que al mismo tiempo serían lo bastante fuertes como para abarcar mi vida entera, que esta mañana me despertaría del sueño como si naciera en un mundo nuevo. Pero qué distinta ha sido la realidad. El cielo está cubierto, como siempre; la habitación, fría. A mi lado hay una persona que me es extraña pese a todo, ajena y distinta a pesar de su cercanía... Cansancio en los músculos y dolor de cabeza...

Volvió a echarse boca arriba en la cama. Se cubrió los ojos con las manos.

—Así que las personas sólo pueden acercarse a los demás hasta cierto punto y después cualquier otro paso que den en esa dirección sólo los aleja —continuó—. Cuánto me habría gustado que nuestra intimidad no hubiera tenido un límite, no hubiese tenido un fin. Lo que más lamento es que esa esperanza fuera vana. A partir de ahora no es necesario que nos engañemos. Ya no podremos hablar con tanta honestidad como antes. ¿Para qué, en favor de qué hemos sacrificado todo eso? ¡Para nada! Hemos renunciado a lo que teníamos por lo que anhelábamos. ¿Ha terminado todo? No lo creo. Sé que ninguno de los dos somos niños. Sólo necesitamos descansar y estar separados un tiempo, hasta que sintamos violentamente la necesidad de vernos de nuevo. Vete ya, Raif. Cuando llegue ese momento, te buscaré; quizá volvamos a ser amigos, nos comportemos con más inteligencia y no esperemos del otro más de lo que puede darnos ni tampoco se lo pidamos. Vamos, vete ya. Tengo tantas ganas de estar sola que...

Se apartó las manos de los ojos. Me miró casi como si me implorara y me tendió la mano. Le cogí la punta de los dedos.

—Adiós —dije.

—No, no, así no. Se va enfadado conmigo. ¡¿Qué le he hecho yo a usted?! —gritó.

—No estoy enfadado, estoy triste —respondí, haciendo un gran esfuerzo para no perder la calma.

—¿Y yo no estoy triste? ¿No me ves? No te vayas así. ¡Ven! —Atrajo mi cabeza hacia su pecho y me acarició el pelo. Me rozó la cara con la mejilla y dijo—: Sonríeme una vez y luego puedes irte.

Sonreí y salí disparado hacia la escalera tapándome la cara.

Vagué sin rumbo por las calles. Estaban desiertas, y la mayoría de las tiendas, cerradas. Iba en dirección sur. A mi lado pasaban tranvías y ómnibus con las ventanillas cubiertas de vaho. Caminé... Comenzaron las casas de fachada oscura y las aceras de adoquines. Seguí adelante. Como estaba sudando, me desabroché el abrigo. Llegué al límite de la ciudad. Continué andando. Pasé bajo puentes del ferrocarril, sobre canales congelados... Anduve y anduve durante horas sin pensar en nada. Parpadeaba sin cesar a causa del frío y avanzaba a pasos ligeros, casi corriendo. A ambos lados había bosques de pinos plantados a intervalos regulares. De vez en cuando, de las ramas caían montones de nieve con un sonoro «¡plaf!». A mi lado pasaba gente en bicicleta y, en la distancia, los trenes hacían temblar el suelo. Continué caminando... A mi derecha vi un lago bastante grande y una multitud patinando sobre él. Fui hacia allí atajando por entre los árboles. Por todos lados había huellas de esquíes, larguísimas, que se cruzaban unas con otras. En los bosquecillos cercados con alambre, unos pinos diminutos temblaban bajo el peso de la nieve como niños con esclavinas blancas. A lo lejos había un casino rural, de madera y dos plantas. Sobre el lago patinaban chicas con falda corta y muchachos con las perneras remetidas. Levantaban en el aire una de las piernas, giraban sobre sí mismos, se cogían de la mano y se alejaban tras un promontorio que estaba más allá. Las bufandas multicolores de muchachas y los cabellos rubios de los jóvenes flotaban en el aire, sus cuerpos giraban con armonía a derecha e izquierda, y a cada paso que daban parecía que crecían y luego menguaban.

Prestaba atención a todo. Caminaba hundiéndome en la nieve hasta los tobillos, fijándome en cuanto me rodeaba. Pasé por detrás del casino y me encaminé hacia los árboles del otro lado. Recordaba haber visto aquel paisaje con anterioridad, pero no era capaz de recordar cuándo había estado allí ni qué era. Unos cientos de metros más allá, en un alto, había unos árboles viejos. Allí me detuve y contemplé de nuevo a la multitud del lago.

Llevaba ya unas cuatro horas caminando. No era consciente de por qué había dejado el sendero y me había desviado ni de por qué continuaba allí parado. El ardor que había sentido hasta entonces en la cabeza empezó a disminuir y también había cesado el picor que me hostigaba desde lo más profundo de la nariz. Dentro de mí sólo quedaba una enorme sensación de vacío. El momento que había creído el más pleno y significativo de mi vida había perdido todo su sentido. Suspiraba como quien sueña que se cumplen sus deseos más dulces y entonces despierta a la amarga realidad. La verdad es que no estaba molesto con ella, yo nunca me enfadaba, sólo estaba triste. «Esto no debería haber ocurrido», me repetía. De modo que ella era incapaz de quererme. Y tenía razón. Nadie, nadie me había amado en la vida. En realidad, las mujeres eran criaturas muy extrañas para mí. Cada vez que intentaba formarme una opinión sobre ellas a partir de mis recuerdos, llegaba a la misma conclusión: que las mujeres eran incapaces de amar. Cuando se le presentaba la oportunidad, la mujer no amaba, sino que se dedicaba a reprocharse los deseos insatisfechos, trataba de sanar el amor propio herido y se lamentaba por las oportunidades perdidas, y todo aquello en nombre del amor. Sin embargo, rápidamente comprendí que estaba siendo injusto con Maria al pensar así. A ella, a pesar de todo, no cabía considerarla ese tipo de persona. Había sido testigo de cuánto sufría. Era imposible que su dolor fuera tan sentido sólo porque me tenía lástima. Ella también anhelaba algo y lo buscaba, pero no lo encontraba. ¿Qué era? ¿Qué era lo que me faltaba, o, más exactamente, de lo que carecía nuestra relación?

Es devastador comprender que una mujer no nos ha dado nada en realidad cuando creíamos que nos lo ha dado todo, vernos obligados a reconocer que está tan alejada de cualquier distancia alcanzable justo cuando pensábamos que nos habíamos acercado a ella.

No debería ser así. Pero, como decía Maria, no había nada que hacer; especialmente por mi parte...

¿Qué derecho tenía a hacerme eso? Hacía años que erraba sin entender mi vacío, apañándomelas lo mejor que podía y, si huía de los demás, lo atribuía a mi naturaleza extraña, sin sospechar que pudiera existir una vida capaz de satisfacerme. Sentía mi soledad y la lamentaba, pero no tenía la menor esperanza de librarme de ella. Ésa era la situación en que me encontraba cuando Maria o, mejor dicho, su cuadro, me salió al paso. Me sacó de repente de ese mundo silencioso y oscuro y me llevó a la luz, me enseñó a vivir de verdad. Hasta entonces no había pensado que pudiera tener un alma. Y ahora se marchaba de forma tan irracional y súbita como había llegado. Sin embargo, para mí ya no había vuelta atrás. Aunque, en lo que me quedaba de vida, viajara por distintos lugares y me relacionara con gente con lenguas conocidas o desconocidas por mí, en todas partes la buscaría a ella, a Maria Puder, a la «Madona con abrigo de piel». Y en ese preciso instante comprendí que no la encontraría, aunque al mismo tiempo no podría evitar buscarla. Me había condenado a pasarme la vida tratando de responder una incógnita, algo que no existía. No debería haberlo hecho...

Los años que tenía por delante me parecían insoportablemente tristes. No hallaba ninguna razón para lidiar con semejante carga. Justo en ese punto de mis reflexiones se levantó el telón que tenía ante los ojos. Recordé dónde estaba. El lago era el Wannsee. Un día, de camino a los jardines del palacio Sanssouci de Federico II, en Potsdam, Maria me lo había señalado a través de la ventanilla del tren y me había explicado que hacía más de cien años, Heinrich von Kleist, el desdichado poeta alemán, y su amada se habían suicidado juntos entre esos mismos árboles bajo los que yo me encontraba ahora.

¿Qué me había llevado hasta allí? ¿Por qué me había desviado hacia aquellos árboles tan pronto como los divisé? De hecho, ¿por qué había tomado esa dirección en cuanto salí de su casa y había ido a parar allí como si fuera una promesa? Me había separado del ser humano en quien más confiaba en el mundo después de oír lo que tenía que decir sobre el lazo que podía existir entre dos personas; ¿acaso era ésa mi réplica: acudir al lugar en el que había dejado la vida una pareja que había marchado unida incluso a la muerte? ¿O es que sólo quería convencerme a mí mismo, recordarme que en el mundo había parejas que no se quedaban a mitad del camino? No lo sé. En realidad, no estoy seguro de si pensé todo eso entonces o no. Pero de repente los pies me quemaban en aquel sitio. Me parecía verlos, tumbados uno al lado del otro: ella con un disparo en el pecho; él, en la cabeza. Creía estar pisando los regueros de sangre que serpenteaban entre la hierba y que se unían en un charquito. Sus sangres, como sus destinos, se habían mezclado. Y ahí yacían, unos pasos más allá.

Todavía juntos... Eché a correr de vuelta por el mismo camino por el que había llegado allí.

De abajo, del lago, llegaban risas. Las parejas, cogidas por la cintura, daban vueltas sin cesar, como si hubieran emprendido un viaje interminable. La puerta del casino se abría cada dos por tres y por ella salían al exterior la música y el sonido de pasos de baile. Los que se cansaban de patinar subían la ladera e iban directamente al casino, donde podían entrar en calor bebiendo grog y bailar un poco.

Se divertían. Vivían. Y yo comprendía que, encerrándome en mi mente y a solas en mi alma, no estaba por encima de ellos, sino por debajo. Sentía que estar apartado de la masa no era, como había creído hasta entonces, disfrutar de ciertos privilegios, sino estar mutilado. Aquella gente vivía como hay que vivir en este mundo, cumplía con su obligación, añadía algo a la existencia. ¿Qué era yo? ¿Qué hacía mi espíritu aparte de carcomerme por dentro? Esos árboles, la nieve que cubría sus ramas y sus raíces, ese edificio de madera, ese gramófono, ese lago y la placa de hielo que lo tapaba y, en fin, esa gente, gente de todo tipo llevando a cabo la función que le había encomendado la vida. Cada movimiento tenía un sentido, un sentido invisible a primera vista. En cambio, yo me tambaleaba como una rueda que se ha salido del eje y gira en el vacío, e intentaba beneficiarme de mi situación. Evidentemente, era el hombre más insignificante del mundo. La vida no perdería nada si prescindía de mí. Nadie esperaba nada de un hombre como yo y yo no esperaba nada de nadie.

Fue en ese preciso momento cuando comenzó el cambio que gobernó mi vida a partir de entonces. En ese instante me convencí de que era inútil e insignificante. Hubo situaciones en que me parecía que volvía a la vida, que vivía. De hecho, en los días posteriores a que llegase a esa conclusión, me pasé un tiempo entretenido con cierto acontecimiento. Aun así, en el rincón más profundo de mi alma se había asentado para siempre la idea de que nadie sobre la faz de la Tierra me necesitaba. Nada de lo que hiciera podría librarme de su influjo, e incluso hoy, después de tantos años, lo recuerdo con todo detalle, especialmente el momento en que quebró mi valor y me apartó por completo de mi entorno. Y veo que no me equivoqué en la conclusión a la que entonces llegué sobre mí mismo.

Alcancé la carretera corriendo y me puse a andar en dirección a Berlín. No había comido desde el día anterior, pero en el estómago más que apetito sentía una especie de náusea. En las piernas no notaba cansancio, sino cierta tensión que se me iba extendiendo por el cuerpo. Caminaba despacio, sumido en mis reflexiones. Según me acercaba a la ciudad aumentaba mi desesperanza. Era incapaz de aceptar que habría de pasar los días siguientes sin ella y la mera posibilidad me resultaba inconcebible, ridícula, imposible... No iría a implorarle con la cabeza gacha. Eso era demasiado para mí y tampoco serviría de nada. Las ideas que se me ocurrían se parecían a las fantasías de mi infancia pero, comparadas con éstas, eran más delirantes, absurdas, sangrientas. ¡Qué bien estaría llamarla por teléfono una noche, justo a la hora en que actuaba en el Atlantik, y, después de pedirle disculpas por molestarla, despedirme con brevedad y pegarme un tiro junto al auricular! En un primer momento, dudaría al oír el estruendo y no sabría qué hacer, pero luego empezaría a gritar «¡Raif, Raif!», enloquecida, intentando que le respondiera. Lo más probable es que oyera su voz desde el suelo mientras exhalaba mi último suspiro y muriera con una sonrisa. Como no sabría desde dónde llamaba, se retorcería impotente y no avisaría a la policía, sino que al día siguiente hojearía los periódicos con manos temblorosas y, al leer los detalles de aquel misterio sin resolver, el corazón le palpitaría con remordimientos y amargura pues comprendería que no podría olvidarme mientras viviera y que estaba unida a mí para siempre por un recuerdo sangriento.

Me acercaba a la ciudad. Volví a pasar por encima y por debajo de los mismos puentes. Empezaba a atardecer. No sabía adónde iba. Entré en un parquecillo y me senté. Me ardían los ojos. Eché la cabeza atrás y miré el cielo. La nieve me helaba los pies. No obstante, estuve horas sentado. Un extraño adormecimiento se extendía por mi cuerpo. Quedarme congelado allí y ser enterrado al día siguiente en algún lugar silencioso y tranquilo... ¿Qué haría Maria cuando recibiera la noticia por casualidad días más tarde? ¿Qué cara pondría? ¿Se arrepentiría de lo que había hecho?

Mis pensamientos daban vueltas y más vueltas en torno a ella. Me levanté y me puse de nuevo en marcha. Tendría que andar horas para llegar al centro de la ciudad. Por el camino empecé a hablar solo. Me dirigía a ella una y otra vez. Como en los primeros días de nuestra amistad, me invadían la mente mil ideas hermosas, atractivas, persuasivas. Era imposible que se mostrara insensible ante aquellas palabras, que no la hicieran cambiar de opinión. Con los ojos anegados de lágrimas y la voz temblorosa, le explicaba lo mucho que nos parecíamos, que era una insensatez separarnos por razones absurdas en un mundo en el que es tan difícil que dos personas afines se encuentren... Al principio le resultaría extraño ver tan exaltado a alguien como yo, siempre tranquilo y dispuesto a aceptar cualquier cosa, pero luego, con una sonrisa, me cogería las manos y me diría: «¡Tienes razón!»

Sí. Debía verla y contarle todo aquello. Maria tenía que dar marcha atrás y no seguir adelante con aquella terrible decisión a la que yo había accedido con tanta facilidad por la mañana. Puede que le hubiera sorprendido, e incluso molestado, ver cómo me iba de su casa casi sin protestar. Tenía que verla lo antes posible, esa misma noche.

Estuve dando vueltas hasta las once y luego la esperé delante del Atlantik, caminando arriba y abajo. Pero no apareció. Al final le pregunté al tipo de la puerta. «No sé, esta noche no ha venido», me contestó. Supuse que podía encontrarse peor, así que me fui corriendo hasta su casa. En la ventana no había luz. Probablemente estuviera durmiendo. Regresé a la pensión porque creí que en ese caso lo mejor era no molestarla.

Las tres noches siguientes la esperé en la calle de igual manera, después fui hasta la puerta de su casa, miré por las ventanas oscuras y acabé dando media vuelta sin atreverme a hacer nada. Día tras día me quedaba sentado en mi habitación e intentaba leer. Pasaba las páginas sin distinguir ni una letra y a veces, decidido a prestar atención, volvía a empezar, pero pocas líneas después me daba cuenta de que mi mente vagaba de nuevo por otros lares. De día aceptaba las cosas tal cual eran y comprendía que su decisión era irrevocable y que lo único que podía hacer era esperar que pasara algo de tiempo. Pero al llegar la noche comenzaba la actividad febril de mi imaginación, que me hacía pensar lo imposible. Al final, ya tarde y contraviniendo todas mis resoluciones diurnas, me lanzaba a la calle y erraba por el camino por el que ella debía pasar y alrededor de su casa. Como me daba vergüenza volver a preguntarle al portero del Atlantik, me contentaba con mirar de lejos. Así pasaron cinco días. Y cada noche soñaba con ella y la sentía más cerca que nunca.

El quinto día, cuando comprendí que tampoco iba a ir a trabajar esa noche, llamé por teléfono al Atlantik desde un casino y pregunté por Maria Puder. Me dijeron que hacía varios días que no iba porque estaba enferma. Así que era verdad que se encontraba mal. ¿Acaso lo había dudado? ¿Por qué había esperado a que me lo confirmaran para creerlo? ¡No iba a cambiar su horario de trabajo para rehuirme ni a dar instrucciones al portero para que se librara de mí! Tomé el camino de su casa decidido incluso a despertarla si estaba durmiendo. Los límites de nuestra relación eran lo bastante amplios como para considerarme con ese derecho a pesar de todo. No tenía sentido que le diera tanta importancia a una escena ocurrida el amanecer de una noche de borrachera.

Subí la escalera jadeando y, de inmediato, llevé el dedo al timbre para no darme tiempo a vacilar y cambiar de idea. Llamé brevemente y esperé. Dentro no hubo ningún movimiento. Entonces llamé varias veces, pero ahora largo rato y de forma insistente. Al contrario de lo que esperaba, no oí sus pasos y tan sólo se entreabrió la puerta de la casa de enfrente.

—¿Qué quiere? —me preguntó una criada atontada por el sueño.

—¡A la mujer que vive aquí!

Me miró atentamente a la cara y luego, con un tono muy brusco, me contestó:

—¡Ahí no hay nadie!

El corazón me dio un vuelco.

—¿Se ha mudado?

Pareció ablandarse un poco ante mi preocupación y mi angustia. Negó con la cabeza.

—No, su madre todavía no ha vuelto de Praga. Ella estaba enferma y como no tenía quien la cuidara, el médico la ha ingresado en el hospital.

Me precipité hacia ella mientras aún me estaba hablando.

—¿Qué enfermedad tiene? ¿Es grave? ¿A qué hospital se la han llevado? ¿Cuándo?

La criada, sorprendida por el asalto de mis preguntas, retrocedió un paso.

—No grite, que va a despertar a la familia. Se la llevaron hace dos días; creo que a la Charité.

—Pero ¿qué le pasa?

—No lo sé.

Sin siquiera agradecérselo, le di la espalda a la muchacha, que se quedó mirándome perpleja, y bajé la escalera saltando los escalones de cuatro en cuatro. Gracias al primer policía que me encontré supe dónde estaba aquel hospital que llamaban la Charité. Fui hasta allí aunque no sabía qué iba a hacer después. El descomunal edificio de piedra de centenares de metros de largo me produjo un escalofrío, pero me encaminé sin dudar a la puerta principal y saqué al portero de su garita.

El portero, que mostró más cortesía de la que quizá se merecía un visitante que llegaba después de medianoche y con aquel frío tremendo, no podía informarme, porque no tenía constancia de que hubieran trasladado allí a una mujer como la que describía, ni sabía nada de su enfermedad o de dónde la podían haber ingresado. Respondía a cada una de mis preguntas con una sonrisa a pesar de lo harto que debía de estar y con un: «Vuelva mañana a las nueve y lo informarán.»

Esa noche, que pasé dando vueltas hasta el amanecer alrededor de los altos muros de piedra del hospital y sin dejar de pensar en ella, fui consciente de lo mucho que amaba a Maria Puder y hasta qué punto me sentía unido a ella, aunque fuera de una forma demencial. Miraba las ventanas, muchas de las cuales filtraban al exterior una luz apagada y amarillenta, intentando adivinar cuál sería la suya. Sentía el deseo irrefrenable de estar a su lado, de ocuparme de ella, de secarle con mis propias manos el sudor de la frente.

Esa noche comprendí que una persona puede estar unida a otra por lazos más fuertes de los que la atan a la vida. Y también comprendí esa noche que, si la perdía, estaría condenado a rodar por el mundo como una cáscara de nuez, vacío.

El viento barría la nieve de un muro a otro y el polvo que levantaba se me metía en los ojos. No había nadie en las calles. De vez en cuando entraba un coche blanco por la puerta del hospital y poco después volvía a salir. Un policía me miró fijamente al pasar a mi lado por segunda vez y, a la tercera, me preguntó qué hacía por allí, caminando de un lado a otro. Cuando le contesté que esperaba para visitar a una persona enferma que estaba dentro, me aconsejó que me fuera a descansar y regresara al día siguiente. Más tarde volvimos a cruzarnos varias veces, pero ya no me dijo nada y se limitó a dedicarme una mirada benévola.

Cuando empezó a clarear, las calles se fueron animando poco a poco. Enseguida se multiplicaron los coches blancos que entraban y salían por las numerosas puertas del hospital. A las nueve en punto conseguí permiso del médico de guardia para ver a la paciente a pesar de que no era día de visitas. Probablemente fue la expresión descompuesta de mi cara lo que motivó que hiciera una excepción en mi caso.

Maria estaba en una habitación con una sola cama. La enfermera que me acompañó me dijo que no me quedara mucho tiempo, que no era aconsejable que se cansara. Tenía pleuresía, pero el médico pensaba que no era grave. En cuanto Maria volvió la cabeza y me vio, sonrió, aunque su expresión mudó de repente y puso un gesto de preocupación.

—¿Qué te ha ocurrido, Raif? —me preguntó en cuanto la enfermera se fue y nos dejó solos.

La voz no le había cambiado lo más mínimo. Sólo lo había hecho la palidez de su rostro, que se había tornado aún más lívida. Me acerqué a ella.

—¿Qué te ha ocurrido a ti? Mira, ¿ves lo que pasa?

—No es nada. Me recuperaré. En cambio tú ¡estás exhausto!

—Anoche, los del Atlantik me dijeron que estabas enferma. Fui a tu casa y la criada del piso de enfrente me contó que te habían traído aquí. Anoche no me dejaron pasar, así que he estado esperando a que amaneciera.

—¿Dónde?

—Por aquí. Por el hospital.

Me miró de arriba abajo. Estaba muy seria. Hizo ademán de ir a decir algo, pero luego cambió de idea.

La enfermera entreabrió la puerta. Me despedí de Maria. Asintió con la cabeza, pero no sonrió.

Maria estuvo ingresada en el hospital veinticinco días, aunque es probable que hubiera permanecido internada más tiempo si no hubiese convencido a los médicos de que allí se agobiaba y que en casa se cuidaría como es debido. Así que un día que nevaba salió del hospital cargada de consejos y pilas de recetas y regresó a su casa. No recuerdo bien qué hice yo a lo largo de esos veinticinco días. Seguramente nada aparte de ir a verla algunos ratos, que pasaba a la cabecera de su cama, contemplando su rostro sudoroso, esos ojos que de vez en cuando me miraban y su pecho, que respiraba con gran dificultad. Ni siquiera viví, porque de haberlo hecho, ahora tendría algún recuerdo de aquellos días, aunque fuera mínimo. Y es que cuando estaba a su lado, me invadía un temor espantoso, el miedo a perderla. Los dedos que colgaban por el borde de la cama y los pies que levantaban el extremo de la sábana recordaban a un cadáver. Incluso su cara, sus labios y su sonrisa parecían estar esperando el momento, la menor oportunidad, para someterse a esa metamorfosis terrible. ¿Qué haría yo después de eso? Sí, conservaría la calma y me encargaría de resolver sus últimos asuntos, escogería el lugar de la sepultura, consolaría a su madre, que para entonces ya habría regresado de Praga, y por fin, con otros cuantos, la dejaría descansar bajo tierra. Me iría de allí con los demás y un poco después volvería en secreto junto a su tumba y me quedaría a solas con ella. Y sería entonces cuando empezaría todo. A partir de ese momento sería cuando realmente la habría perdido. ¿Qué haría luego? Hasta ahí lo había pensado todo con detalle, pero era incapaz de imaginarme lo que haría de ahí en adelante. Sí, una vez que estuviera bajo tierra y después de pasar un rato a solas con ella cuando se dispersaran los asistentes al entierro, ¿qué haría? Si para entonces había resuelto todos sus asuntos pendientes, no se me ocurría cosa más absurda y ridícula que mi permanencia en este mundo. No sentía más que un vacío terrible en mi alma.

Un día, cuando empezó a mejorar, me dijo:

—Habla con los médicos, ¡que me saquen de aquí de una vez! —Luego, como si fuera lo más natural de este mundo, susurró—: Tú me cuidarás mejor.

Salí disparado sin contestar. El especialista quería que se quedara unos días más. Aceptamos. Por fin, el vigésimo quinto día la envolví en sus pieles, la agarré del brazo y la ayudé a bajar por las escaleras. La llevé a casa en taxi y el conductor, sosteniéndola del brazo, me echó una mano para subirla. A pesar de todo, cuando se desnudó y la acosté, estaba agotada.

A partir de ese instante en realidad fui yo el único que cuidó de ella. Una mujer mayor acudía al piso por las mañanas y se quedaba hasta mediodía, limpiaba, encendía la gran estufa de cerámica y en una olla preparaba sopa para la enferma. Aunque insistí mucho, no pude convencer a Maria de que llamara a su madre.

Con mano temblorosa le escribía cartas en las que decía: «Estoy bien; tú diviértete y pasa ahí el invierno.»

—Si viene no me será de ayuda porque es ella la que la necesita. Se angustiaría para nada y acabaría preocupándome a mí —decía. Luego susurraba con ese tono de aparente indiferencia—: ¡Si ya estás tú cuidándome! ¿O te has cansado? ¿Ya te has hartado de mí?

Pero no sonreía al preguntarlo, no estaba de broma. De hecho, casi no sonreía desde que había caído enferma. Sólo me recibió con una sonrisa el primer día que fui a verla al hospital, luego mantuvo una seriedad obstinada. Siempre estaba seria y pensativa: cuando pedía algo por favor, cuando daba las gracias, cuando hablaba de cualquier cosa. Yo me quedaba sentado a su cabecera hasta bien entrada la noche y volvía temprano, por la mañana. Más tarde trasladé un diván bastante grande de otra habitación, así como la ropa de cama de su madre, y empecé a dormir en el mismo cuarto que ella. Ninguno de los dos dijo una palabra sobre el incidente que había ocurrido la mañana de Año Nuevo, o mejor dicho, sobre la breve conversación que mantuvimos, porque no sería correcto llamarlo incidente. Todo, mis visitas al hospital, que fuera yo quien la había llevado a casa, nuestra vida allí, lo considerábamos tan natural como para que no valiera la pena hablar de ello. Los dos evitábamos cualquier insinuación sobre ese asunto, pero estaba claro que ella pensaba algo al respecto. Mientras andaba por la habitación ocupado en cualquier cosa, mientras le leía un libro en voz alta, podía sentir como me seguía sin descanso con la mirada, con los ojos posados constantemente en mí, como si buscara algo. Una tarde le leí a la luz de la lámpara el largo relato de Jakob Wassermann titulado «La boca nunca besada». Trata de un maestro a quien nadie ha querido en su vida y que, aunque no se lo reconozca ni siquiera a sí mismo, ha envejecido esperando el amor, aguardando un afecto humano. El texto describe de forma magistral la soledad espiritual del pobre hombre y las esperanzas que nacen dentro de él y que mueren rápidamente sin que nadie llegue a intuirlas. Una vez terminado el relato, Maria guardó silencio un buen rato con los ojos cerrados.

—No me has contado lo que hiciste los días que no nos vimos después de Año Nuevo —dijo con tono despreocupado y volviéndose hacia mí.

—No hice nada —respondí.

—¿En serio?

—Qué sé yo...

De nuevo se produjo un silencio. Era la primera vez que tocaba el tema, pero no me pilló por sorpresa. De hecho, me di cuenta de que llevaba bastante tiempo esperando la pregunta. Sin embargo, en lugar de contestar, le di de comer. Luego la arropé, volví a sentarme a su cabecera y le pregunté:

—¿Te leo algo?

—Tú sabrás.

Había tomado por costumbre leerle cosas aburridas después de comer para que se durmiera. Por un momento dudé:

—Si quieres, te cuento lo que hice los cinco días siguientes a Año Nuevo; ¡te dormirás más rápido!

No se rió del chiste y tampoco me respondió, simplemente asintió con la cabeza como diciendo: «¡Cuéntame!» Comencé poco a poco y paraba de vez en cuando para comprobar mi memoria. Le conté cómo me marché de su casa, adónde fui, lo que vi y lo que pensé en Wannsee, cómo di vueltas sin cesar por el camino por el que se suponía que ella debía pasar para ir al Atlantik y después alrededor de su casa, cómo la última noche, por fin, corrí al hospital cuando me enteré de la noticia y estuve esperando fuera hasta que se hizo de día. Mi voz sonaba muy tranquila. No estaba nervioso, porque era más bien como si estuviera relatando algo que le hubiera ocurrido a otro. Sacaba a la luz todo lo que se me había pasado por la cabeza y me detenía en los detalles, uno por uno, tratando de analizarlos. Ella no se movía. Había cerrado los ojos. Estaba tan inmóvil como si se hubiera dormido. A pesar de todo, yo seguí con la narración, porque era como si me lo estuviera contando a mí mismo. Exponía con honestidad ciertos sentimientos cuya naturaleza todavía no era capaz de comprender, discutía sobre ellos y pasaba a otro tema sin llegar a ninguna conclusión. Sólo una vez abrió los ojos, cuando le confesé que había querido despedirme de ella por teléfono; entonces me miró fijamente y volvió a cerrarlos. No movía ni un músculo de la cara.

No le ocultaba nada, no lo consideraba necesario. No albergaba un propósito. Los sucesos que había vivido me parecían tan ajenos como si los recordara después de años. Entre ellos y yo se había abierto un abismo. De ahí que mis juicios sobre ella o sobre mí mismo no se vieran afectados por ningún tipo de contemplaciones o deseos secretos, y en cierto modo, podría decirse que fui despiadado. No me venía a la mente ninguno de los cuentos chinos que me habían asaltado en oleadas las noches en que la esperé en la calle, pero tampoco los buscaba. No tenía otro interés que la simple necesidad de contar una historia. No valoraba los acontecimientos en función de su relación conmigo, sino desde el punto de vista de su importancia. Y ella, aunque no se movía lo más mínimo, me escuchaba con total atención.

Lo notaba. Cuando le expliqué lo que había pensado en el hospital mientras la contemplaba sentado a su cabecera, cómo me imaginaba su muerte, pestañeó un par de veces, pero eso fue todo.

Cuando acabé de contarle la crónica de esos días, guardé silencio. Ella también. Y así permanecimos quizá diez minutos. Por fin volvió el rostro hacia mí, abrió los ojos y, por primera vez desde hacía mucho tiempo, sonrió sutilmente —o eso creí— y me dijo con una voz muy tranquila:

—¿Nos dormimos ya?

Me levanté y arreglé el diván donde iba a acostarme; me desnudé y apagué la luz, pero no pude dormirme hasta tarde. Me di cuenta de que ella también estaba despierta porque no oía su respiración calmada. Aunque los párpados me pesaban cada vez más, esperé a que comenzara el rumor regular y suave de su hálito, que me había acostumbrado a oír cada noche. Me movía sin parar tratando de mantenerme despierto. Aun así, fui yo el primero en sumergirse en el sueño.

Abrí los ojos por la mañana, temprano. La habitación todavía estaba a oscuras. A través de las cortinas se filtraba muy poca luz. Tampoco en ese momento percibí el sonido familiar que esperaba: su respiración. En el cuarto había un silencio aterrador. Ambos parecíamos estar esperando con el alma en tensión. En cada uno de nosotros se acumulaban muchas cosas. Lo sentía de una forma casi física. Al mismo tiempo me poseyó una curiosidad inmensa: ¿Cuándo se habría despertado? O puede que no haya dormido, me dije. A pesar de nuestra inmovilidad, en la atmósfera de la habitación se notaban los pensamientos que nos acechaban.

Levanté la cabeza lentamente y mis ojos, que se iban acostumbrando a la oscuridad, divisaron a Maria, que me observaba con la espalda apoyada en una almohada. «¡Buenos días!», le dije, y salí para lavarme la cara. Cuando volví a entrar en el cuarto, la enferma continuaba en la misma postura. Descorrí las cortinas. Quité de en medio la lámpara de noche. Arreglé el diván en que había dormido. Abrí la puerta a la asistenta y ayudé a Maria a que se tomara su leche.

Hacía todo eso prácticamente sin hablar. Todos los días me levantaba de igual manera, me ocupaba de los mismos quehaceres, iba a la fábrica de jabón hasta mediodía y dedicaba la tarde a leerle libros o periódicos y a contarle lo que había visto u oído fuera hasta bien entrada la noche. ¿Era necesario que fuera así? No lo sabía. Los acontecimientos habían seguido su propio curso y yo simplemente lo había aceptado. Mi corazón no albergaba ningún deseo. No pensaba en el pasado ni en el futuro, sólo conocía el momento que estaba viviendo. Mi alma estaba tranquila como un mar sin viento ni olas.

Después de afeitarme y vestirme le pedí permiso a Maria para marcharme.

—¿Adónde vas?

Me sorprendí.

—¿No lo sabes? A la fábrica.

—¿No podrías quedarte en casa hoy?

—Claro, pero ¿por qué?

—No sé... ¡Quiero que te quedes todo el día a mi lado!

Lo consideré un capricho fruto de la enfermedad y no contesté. Empecé a hojear los periódicos de la mañana, que la asistenta había dejado a un lado de la cama.

Maria parecía extrañamente inquieta, casi incómoda. Aparté los periódicos, me senté junto a ella y le puse la mano en la frente.

—¿Cómo te encuentras hoy?

—Bien... Muy bien.

Aunque no hizo el menor gesto, comprendí que no quería que apartara la mano. Sentía mis dedos adheridos a sus mejillas y a su frente. Era como si toda su voluntad se concentrara en su piel.

—Así que estás muy bien —dije con una voz que pretendía ser lo más despreocupada posible—. Muy bien, entonces, ¿por qué no has dormido esta noche?

Se quedó desconcertada por un instante. El rubor se le extendió desde el cuello hasta las mejillas. Percibía su lucha interior para no contestar a mi pregunta. De repente cerró los ojos, apoyó la nuca en el cabecero como si sintiera una debilidad enorme y dijo con voz apenas audible:

—Ay, Raif...

—¿Qué?

Se rehízo un poco.

—¡Nada! —respondió, jadeando—. No quiero que hoy te separes de mí. ¿Sabes por qué? Porque creo que lo que me contaste anoche me atacará la mente en cuanto te vayas y no me dejará tranquila ni un segundo.

—De haberlo sabido, no te lo habría contado.

—No, no quiero decir eso —replicó, negando con la cabeza—. No lo digo por mí. ¡Ya no puedo fiarme de ti! Me da miedo dejarte solo. Sí, esta noche no he dormido prácticamente nada. No he cesado de pensar en ti. He visto en todos sus detalles, incluso en las partes que no me contaste, lo que hiciste después de dejarme en casa, cómo merodeaste por el hospital. ¡Por eso ya no puedo dejarte solo! Tengo miedo... Y no sólo hoy. Ya nunca me separaré de tu lado.

En su frente habían aparecido diminutas gotas de sudor. Las sequé con delicadeza y sentí en la palma de la mano una humedad cálida. Le miré la cara maravillado. Sonreía, sonreía limpiamente por primera vez desde hacía mucho tiempo, pero también había lágrimas que le brotaban de los ojos y le corrían por las mejillas. Le sostuve la cabeza con ambas manos y la recosté contra mi hombro. Su sonrisa era ahora más amplia, más relajada; pero sus lágrimas se habían multiplicado en la misma proporción. No emitía el menor sonido, ningún sollozo sacudía su pecho. Jamás me habría imaginado que en este mundo se pudiera llorar de una forma tan tranquila, con semejante sosiego. Le tomé las manos, que reposaban sobre la colcha blanca como dos pajaritos blancos, y empecé a juguetear con ellas. Le doblaba los dedos y los volvía a extender, cerraba su mano en un puño y lo apretaba dentro de la mía. En las palmas tenía líneas tan finas como las venas de una hoja.

Con suavidad, dejé que su cabeza reposara en la almohada.

—No hagas sobreesfuerzos o acabarás agotada —le dije.

Le brillaron los ojos.

—No, no —respondió, asiéndome del brazo. Y luego, como si hablara consigo misma, añadió—: Ya sé qué nos falta y no es un fallo tuyo, sino mío. Me falta fe. Como no podía creerme que me quisieras tanto, pensaba que no estaba enamorada de ti. Ahora lo comprendo. Eso quiere decir que la gente me arrebató la capacidad de creer. Ahora sí creo. Tú me has hecho creer. Te quiero. Te amo, no desesperadamente, sino de forma bastante sensata. Te quiero. Siento un deseo tremendo. ¡Si me encontrara bien! ¿Cuándo crees que estaré mejor?

En lugar de responder, sequé sus lágrimas con el roce de mi cara en sus ojos.

A partir de ese momento, y hasta que mejoró y pudo levantarse, no me aparté de su lado. Se me hacía insoportablemente largo el tiempo que pasaba alejado de ella cuando me veía obligado a dejarla un par de horas para ir a comprar comida o fruta, o para pasarme por la pensión para cambiarme de ropa. Cada vez que la llevaba del brazo hasta el canapé para que se sentara o que la cubría con una chaqueta ligera, sentía la dicha infinita de haber consagrado mi vida a otra persona. Nos sentábamos frente a frente ante la ventana y contemplábamos la calle durante horas. No hablábamos, sólo nos mirábamos de vez en cuando y nos sonreíamos; su enfermedad y mi felicidad nos habían vuelto niños. Unas semanas más tarde, recuperó las fuerzas y, con el buen tiempo, reanudamos nuestros paseos, aunque fueran sólo de una media hora.

Antes de salir la preparaba meticulosamente e incluso le ponía las medias porque, cuando se agachaba, sufría accesos de tos. Luego la envolvía en su abrigo de piel y la ayudaba a bajar despacito la escalera. Una vez fuera, descansábamos en un banco a unos ciento cincuenta metros de la casa. De allí íbamos a alguno de los estanques del Tiergarten y contemplábamos el agua verdosa y los cisnes.

Y un buen día todo se acabó... Se acabó de una forma tan simple, tan absoluta, que en un primer momento no comprendí el alcance del suceso. Tan sólo sentí una ligera sorpresa y una tristeza considerable, pero nunca se me ocurrió que aquello podría tener un efecto tan funesto e irrevocable en mi vida.

En los últimos tiempos me costaba gran esfuerzo ir a la pensión y, aunque pagaba religiosamente por mi habitación, el hecho de que no me pasara por allí provocó que la dueña empezara a tratarme con cierta frialdad.

—Si se ha mudado a otro sitio —me dijo un día Frau Heppner—, háganoslo saber para que demos aviso a la policía. Luego nos hacen responsables a nosotros.

—¿De verdad cree que es posible que los deje? —respondí en broma, tratando de quitarle así hierro al asunto.

Me fui a mi cuarto. Todo me parecía extraño: aquella habitación, en la que llevaba viviendo más de un año; mis cosas, la mayoría de las cuales las había cargado desde Turquía; los libros tirados aquí y allá. Abrí las maletas, cogí lo poco que necesitaba y lo envolví en papel de periódico. En eso estaba cuando entró la joven criada.

—Tiene un telegrama. ¡Hace tres días que llegó!

Y me alargó un papel doblado.

En un primer momento no entendí nada. Era incapaz de coger el telegrama que la muchacha sostenía en la mano. No, aquel papel no tenía ninguna relación conmigo... Albergaba la esperanza de poder alejar la desgracia que me rondaba si no conocía el contenido del mensaje.

Ella me miró de arriba abajo sorprendida y, al ver que no hacía el menor movimiento, dejó el telegrama encima de la mesa y se fue. Me levanté de un salto y esta vez lo abrí rápidamente diciéndome que pasara lo que tuviera que pasar, pero que fuera lo antes posible.

Era de mi cuñado. «Padre fallecido. Envío dinero viaje por cable. Vuelve inmediatamente», decía. Eso era todo. Cuatro o cinco palabras con un significado bastante claro. A pesar de todo, me quedé un buen rato mirando el papel que tenía en la mano. Leí cada palabra, una por una, varias veces. Luego me levanté, me metí bajo el brazo el fardo que había preparado y salí a la calle.

¿Qué había ocurrido? A mi alrededor nada había cambiado. Todo estaba igual que poco antes, cuando había llegado a la pensión. Ni en mí ni en lo que me rodeaba había nada distinto. Lo más probable es que Maria me estuviera esperando en la ventana. Y, con todo, no era el mismo «yo» de hacía media hora. A miles de kilómetros de distancia, un ser humano había dejado de vivir; aunque era algo que había sucedido hacía días, quizá semanas, ni Maria ni yo habíamos intuido nada. Los días no se habían diferenciado unos de otros, pero de repente un papel no más grande que la palma de la mano lo ponía todo patas arriba, me arrancaba de ese mundo para llevarme a otro y me recordaba que yo no pertenecía a ese lugar sino a aquel otro lejano del que procedía el telegrama.

Ahora entendía lo iluso que había sido al creer que la vida de la que disfrutaba desde hacía unos meses era real y que continuaría siendo así. Y me rebelaba contra la verdad. No tenía por qué ser así. No tenía tanta importancia haber nacido en un sitio u otro, ni ser hijo de este o aquel hombre. En un mundo en el que era tan difícil que dos personas se encontraran, lo verdaderamente importante era alcanzar la tan codiciada felicidad. Lo demás eran nimiedades. Tendrían que aceptar ese hecho fundamental, la realidad de que nos habíamos encontrado el uno al otro.

Sin embargo, sabía muy bien que no sería así, pues hacía tiempo que me había dado cuenta de que la vida está a merced de una serie de detalles menores; de hecho, la vida se compone precisamente de esos detalles. Nuestra lógica y la de la vida nunca coinciden. Por ejemplo, un incidente sin trascendencia, como que a una mujer que mira por la ventanilla del tren le entre carbonilla en un ojo y se lo frote despreocupadamente, podría dejar ciega la mirada más bella del mundo. O también podría ser una teja la que, desplazada de su lugar original por una brisa ligera, le cayera en la cabeza a alguien y destrozara una de las mentes más brillantes de su tiempo. De la misma forma que no se nos ocurre pensar qué es más importante, si el ojo o la carbonilla, la teja o la cabeza, y que estamos obligados a aceptar esos hechos sin rechistar, nos vemos forzados a resignarnos del mismo modo ante otros muchos caprichos de la vida.

Pero ¿es siempre así? En el mundo ocurren muchos sucesos que no podemos impedir y cuyas razones y lógica no entendemos, cierto; sin embargo, hay cosas igual de irracionales e injustificadas que, aunque supuestamente sigan las leyes de la naturaleza, se pueden evitar. Por ejemplo, ¿qué me ataba a Havran? Tres o cuatro olivares, unos talleres de jabón, un puñado de familiares que nunca me había preocupado por conocer... Sin embargo, mi vida estaba en Berlín y estaba unido a la ciudad con cada célula de mi cuerpo. ¿Por qué no podía quedarme? Muy sencillo: los negocios en Havran quedarían desatendidos, mis cuñados no me enviarían dinero y yo tendría que batallar ahí, incapaz de hacer nada. Y había más: pasaportes, embajadas, permisos de residencia... Me resultaba incomprensible lo necesario que era todo eso para vivir, pero no cabía duda de que era lo bastante importante como para marcar el rumbo de mi vida.

Cuando se lo conté a Maria guardó silencio durante un rato. Tenía una sonrisa extraña y miraba al suelo como diciendo: «Ya te lo decía yo.» Y mientras tanto yo me esforzaba por mantener la compostura porque pensaba que si le explicaba abiertamente lo que sentía, le parecería ridículo. Así que me limité a repetir varias veces:

—¿Qué hago? ¿Qué hago?

—¿Qué vas a hacer? Ir, por supuesto... Yo también me iré por un tiempo. De todas formas, no voy a poder trabajar durante una larga temporada. Iré a Praga, con mi madre. La vida del campo probablemente me haga bien. Pasaré allí la primavera.

Me resultó un poco extraño que me dejara a un lado y hablara de sus propios proyectos. De vez en cuando me observaba de reojo, con la mirada huidiza.

—¿Cuándo te vas? —preguntó.

—No sé. Me pondré en marcha en cuanto reciba el dinero del viaje.

—Puede que yo me vaya antes.

—¿Cómo?

Mi sorpresa la hizo reír.

—¡Siempre tan niño, Raif! Es muy infantil mostrarse preocupado y angustiado ante lo que no es posible evitar. Y todavía tenemos tiempo, podemos pensar y decidir muchas cosas.

Volví a salir para resolver los trámites necesarios y para dejar de manera definitiva la pensión. Me quedé de una pieza cuando llegué esa tarde y me encontré a Maria preparada para salir de viaje.

—¿Para qué perder el tiempo? —dijo—. Me iré cuanto antes y así te dejaré tranquilo para que te ocupes de tus preparativos. Además... ¿Qué sé yo?... Pues que he decidido irme de Berlín antes que tú. Ni yo misma sé el porqué.

—Como prefieras.

No dijimos nada más. Ni siquiera insinuamos todo aquello que teníamos la intención de pensar y decidir.

Se fue al día siguiente, en el tren de la tarde. Después de comer no salimos. Nos sentamos frente a frente ante la ventana y contemplamos la calle. Escribimos en el cuaderno del otro nuestra próxima dirección. Para que sus cartas me llegaran, yo le enviaría con cada una de las mías un sobre con las señas escritas, ya que era imposible que ella escribiera con letras árabes o que nuestros funcionarios de Correos de Havran leyeran las latinas.

Estuvimos alrededor de una hora charlando sobre cuestiones intrascendentes, de lo mucho que se estaba alargando el invierno ese año, de cómo no había desaparecido la nieve de las calles a pesar de que estábamos a finales de febrero. Era evidente que ella pretendía que el tiempo pasara lo más rápido posible. Sin embargo, y por tonto que pueda parecer, yo sólo deseaba que el tiempo se detuviera, que no pasara nunca ese instante que estábamos compartiendo.

Me sorprendió que los temas de los que hablamos fueran tan anodinos. De vez en cuando nos mirábamos y nos sonreíamos desconcertados. Cuando llegó la hora de ir a la estación, casi respiramos de alivio. Después de eso, el tiempo pasó terriblemente rápido. Coloqué el equipaje en su compartimento, pero ella no quiso quedarse allí e insistió en bajar conmigo al andén, lo que supuso veinte minutos más de sonrisas absurdas que se me hicieron tan breves como un segundo. Se me pasaban mil cosas por la mente, aunque me pareció preferible no decir nada a tener que encajarlas en los escasos momentos que nos quedaban juntos. Sin embargo, si me hubiera lanzado la noche anterior, podría haber dicho tanto... ¿Por qué nos despedíamos de una forma tan torpe?

En los últimos minutos, me dio la sensación de que Maria perdía un poco la calma. Y eso me alegró, porque probablemente me habría apenado mucho ver que se iba sin la menor emoción. Continuamente me cogía y me soltaba la mano.

—¡Qué absurdo! ¿A cuento de qué te vas? —refunfuñaba.

—Eres tú quien se va, yo seguiré aquí unos días.

Parecía no haber oído mi respuesta. Me agarró del brazo.

—Raif, ¡me voy ya!

—Sí, lo sé.

Llegó la hora de la salida del tren. Un empleado estaba cerrando la puerta del vagón. Maria Puder saltó a la escalerilla, luego se inclinó hacia mí y en voz baja, pero subrayando las palabras, dijo:

—Ahora me voy, pero volveré en cuanto me llames.

En un primer momento no comprendí qué quería decir. Ella también pareció dudar por un instante y luego añadió:

—¡Iré adondequiera que estés!

Entonces la entendí. Me adelanté para cogerle las manos y besárselas. Maria entró en el vagón y el tren se puso en movimiento silenciosamente. Corrí unos metros junto a la ventanilla en la que estaba, pero luego frené el paso y me despedí con la mano.

—¡Te llamaré! ¡Ten por seguro que te llamaré! —grité.

Asintió con una sonrisa. Su expresión y su mirada demostraban que me creía.

En mi corazón sentía la tristeza de una conversación que se había quedado a medias. ¿Por qué no habíamos tocado el tema con todo el tiempo que habíamos tenido? ¿Por qué habíamos hablado sobre la preparación de las maletas, los placeres del viaje, el invierno de ese año, pero ni siquiera nos habíamos acercado a lo que verdaderamente era nuestro? Aunque quizá fuera preferible así. ¿Qué era lo que teníamos que hablar? ¿No acabábamos siempre en el mismo punto? Maria había encontrado la mejor manera de expresarlo. Estaba claro. Una propuesta y una aceptación. ¡Sucinta, espontánea e irrefutable! No podía haber mejor forma de separarse. Ella hacía que el montón de palabras bonitas que se me acumulaban en la mente, y que me torturaban por no habérselas dicho, resultaran torpes e insulsas.

También creí comprender entonces por qué había salido de viaje antes que yo. Probablemente Berlín le habría parecido asfixiante los primeros días tras mi marcha. Lo mismo me ocurría a mí, que apenas tenía tiempo ni para pestañear entre los preparativos del viaje y los trámites del pasaporte, el billete y los visados: me sentía muy extraño cuando pasaba por calles por las que habíamos paseado juntos. Sin embargo, no tenía por qué sentir tristeza. Regresaría a Turquía y la llamaría en cuanto pusiera mis asuntos en orden. Eso era todo... La gran habilidad que tenía para forjar ilusiones resurgió en ese momento, como no podía ser de otro modo. Veía ante mis ojos la casa que construiría a las afueras de Havran, así como las colinas y los bosques por los que la llevaría a pasear.

Cuatro días más tarde regresé a Turquía siguiendo una ruta que me llevó por Polonia y Rumanía. Durante el viaje no ocurrió nada que valga la pena registrar por escrito, como tampoco durante los muchos años que le siguieron. Sólo después de embarcar en Constanza empecé a meditar sobre el suceso que me llevaba de nuevo a Turquía. Mi padre había muerto. Sentí una vergüenza enorme por no haberlo asumido hasta ese momento. Era cierto que no tenía motivos para sentir cariño por él; mi padre y yo nunca habíamos estado unidos y si alguien me hubiera preguntado si era un buen hombre, no habría sabido qué responderle. Porque no lo conocía lo suficiente como para tener una opinión sobre su bondad o su maldad. Mi padre para mí apenas existía como ser humano, sólo era la apariencia humana de un concepto abstracto llamado «padre». Ese hombre calvo, orondo y de barba entrecana, que llegaba a casa por la noche con el ceño fruncido y que no se dignaba a dirigirnos la palabra ni a nosotros ni a mi madre, para mí era alguien completamente distinto al que me encontraba en el café del Estanque sonriendo con la camisa abierta, tomando *ayran* y jugando a tablas reales mientras lanzaba maldiciones a diestro y siniestro. Cómo me habría gustado que ese segundo hombre fuera mi padre... Y, sin embargo, incluso en esos momentos de distensión, se ponía serio en cuanto me veía.

—¡¿Qué haces merodeando por aquí?! —me gritaba—. Ve, acércate a la barra, tómate un refresco y vuélvete al barrio a jugar.

Su forma de tratarme no cambió cuando crecí ni cuando regresé del servicio militar. Por alguna razón, aunque yo creía haberme vuelto más sabio y sensato, ante su mirada no era más que un joven estúpido. Desdeñaba las opiniones y observaciones que yo manifestaba sin pudor por aquel entonces. El hecho de que en los últimos tiempos consintiera mis deseos era un síntoma inequívoco de que no me daba el suficiente crédito como para discutir conmigo.

Aun así, en mi mente no había nada que fuera a mancillar su recuerdo. No iba a sentir el vacío que dejaba, aunque sí su ausencia. Según me acercaba a Havran, me fue inundando la amargura. Me resultaba muy difícil imaginarme la casa y la ciudad entera sin él.

No hace falta que me extienda sobre este tema. De hecho, preferiría no mencionar los diez años que siguieron, pero, para que se entiendan ciertos hechos, es necesario que les dedique al menos unas páginas a los días que constituyeron la época más confusa de mi vida. No se puede decir que me recibieran con calidez cuando llegué a Havran. Mis cuñados se comportaban como si no me tomaran en serio, mis hermanas se habían vuelto unas completas extrañas para mí y mi madre se veía aún más desamparada que antes. Habían cerrado la casa y mi madre se había mudado con mi hermana mayor. Como a mí nadie me ofreció nada similar, me fui a vivir solo a ese enorme caserón abandonado con la única compañía de una vieja criada de la familia. Me proponía hacerme cargo de los negocios de mi padre, pero entonces recibí la noticia de que antes de fallecer había dividido la herencia y no hubo manera de que mis cuñados me aclararan qué parte me correspondía. De los dos talleres de jabón ni siquiera se hablaba; al parecer mi padre se los había vendido hacía tiempo a uno de mis cuñados. Pero por ninguna parte aparecían ni lo que se había pagado por ellos, ni el dinero en metálico y el oro que se rumoreaba que mi padre poseía en abundancia. Y mi madre no tenía ni idea de nada.

—¡Qué sé yo, hijo! —me respondía ella cuando le preguntaba—. Tu difunto padre se murió sin contar dónde lo había enterrado. Tus cuñados no se separaron de él en sus últimos días. ¿Acaso no se le pasó por la cabeza que iba a morir? Lo que está claro es que no soltó prenda sobre dónde lo tenía enterrado. ¿Qué podemos hacer ahora? ¿Y si fuéramos a un zahorí? Ellos lo encuentran todo.

A partir de ese momento mi madre no dejó zahorí de los alrededores de Havran por visitar. Siguiendo sus consejos, no quedaron en los olivares raíces de árbol sin cavar ni pared de casa sin agujerear. En eso gastó las ocho o diez monedas de oro que aún le quedaban. Mis hermanas la acompañaban a ver a los zahoríes, pero no estaban por la labor de participar en los gastos, y yo me percataba de que mis cuñados se reían bajo sus bigotes de aquellas prospecciones sin fin.

Como ya había acabado la temporada de la cosecha, era imposible sacar algo de los olivares, aunque conseguí unas piastras vendiendo parte de la cosecha de los años siguientes. Mi intención era superar el verano como buenamente pudiera y al otoño siguiente, tan pronto como comenzara la temporada de la aceituna, trabajar para arreglar mi situación y traer de inmediato a Maria.

Nos habíamos escrito a menudo después de mi regreso a Turquía. En aquellos días de primavera fangosa y verano asfixiante en que tenía que ocuparme de multitud de asuntos absurdos, lo único que me proporcionaba un poco de alivio eran sus cartas y las horas que yo pasaba escribiendo las mías. Alrededor de un mes después de mi marcha, regresó a Berlín junto con su madre. Yo le enviaba las cartas a la oficina de correos de la Potsdamer Platz y ella iba allí a recogerlas. En cierta ocasión, a mediados de verano, me escribió algo un tanto extraño. Me hacía saber que tenía una muy buena noticia que darme, pero que sólo iba a contármelo en persona cuando viniera. (En una carta le había confesado que tenía la esperanza de poder llamarla en otoño.) Desde ese momento, a pesar de que se lo pregunté repetidas veces en muchas de mis cartas, se negó a explicarme en qué consistía la buena noticia. Se limitaba a decirme: «Espera, ¡ya lo sabrás cuando llegue!»

Sí, esperé; y no sólo hasta el otoño, sino diez largos años. He sabido aquella «buena» noticia diez años más tarde. Anoche, en concreto... Pero dejémoslo por ahora y contémoslo todo por orden.

Me pasé el verano con las botas de montar y a lomos de un caballo recorriendo olivares por montes y laderas. Asombrado, comprobé que, por alguna extraña razón, mi padre me había dejado los terrenos más áridos, inaccesibles e improductivos. Por el contrario, mis hermanas, o lo que es lo mismo, mis cuñados, habían heredado los olivares que estaban en el valle, campos con agua abundante y cerca de la ciudad, cada uno de los cuales daba más de medio saco de frutos por árbol. Como la mayoría de los olivos entre los que anduve hacía años que no se podaban ni se cuidaban, habían crecido como árboles silvestres, por lo que comprendí que en vida de mi padre nadie se había molestado en ir a cosechar a aquellos montes.

Todo apuntaba a que en mi ausencia, y aprovechando la enfermedad de mi padre, la ineptitud de mi madre y la cobardía de mis hermanas, algunos se habían dedicado a urdir sus propios planes. Aun así, yo seguía albergando la esperanza de que todo se arreglaría si trabajaba sin descanso, y cada carta de Maria me daba valor y ánimos renovados.

A principios de octubre, justo cuando empezaba la recogida de la aceituna y tenía previsto llamarla, las cartas de Maria se interrumpieron de repente. Entre el asombro y las burlas, que a veces llegaban al insulto, de todo Havran, y que se originaban, cómo no, en mi propia familia, había hecho reparaciones en la casa e incluso había mandado traer desde Estambul una bañera que coloqué en el antiguo lavabo una vez alicatado.

Como no le había revelado a nadie la razón de aquel gesto, todos lo atribuían al esnobismo, a la pedantería, a una manía de imitar de forma superficial a los europeos. Que alguien como yo, que todavía no había puesto en orden sus asuntos, se endeudara o se gastara las pocas piastras que había conseguido vendiendo la cosecha para comprar un armario con espejos y una bañera, les parecía una auténtica locura. Pero yo me reía para mis adentros de dichas opiniones, porque era imposible que me entendieran y, además, no me sentía con la obligación de darles explicaciones.

Sin embargo, estaba intranquilo porque hacía unos quince o veinte días que no recibía una carta de Maria. Mi mente, tan dada a las sospechas y las aprensiones, comenzó a crisparme con mil y una posibilidades. Estaba absolutamente desesperado al ver que no recibía respuesta a las cartas que, una tras otra, le escribía. El intervalo de las suyas se había ido haciendo cada vez mayor, y al mismo tiempo, menor el número de páginas, que parecían escritas con dificultad. Desplegué ante mí todas sus cartas y las leí una por una. En las que había escrito durante los últimos meses había cierto desconcierto, algo que pretendía ocultar y evasivas y rodeos que no encajaban con ella, que siempre era directa. De hecho, llegué a dudar de si realmente quería que la llamara cuanto antes, o si más bien le asustaba que pudiera hacerlo y lamentaba verse obligada a romper su promesa. Ahora a cada frase le encontraba varios sentidos, a cada cosa que decía a medias, a cada broma, y me estaba volviendo loco.

Todo lo que le escribí fue en vano y todo lo que me temía resultó ser cierto.

No volví a tener noticias de Maria Puder ni a oír su nombre. Hasta ayer... Pero todavía no hemos llegado a eso. Un mes más tarde me devolvieron las últimas cartas que le había enviado con un sobrescrito: «No recogida en oficina: devolver al remitente.» Entonces perdí todas mis esperanzas. Todavía hoy me sorprendo al ver cuánto cambié en tan sólo unos días. Me sentía como si me hubieran arrancado toda la vitalidad, la capacidad de moverme, ver, oír, sentir, pensar y, en definitiva, vivir, y no quedara más que la cáscara vacía.

Mi estado era peor que el de los días que habían seguido a aquella Nochevieja. Entonces no había estado tan desesperado en ningún momento. Nunca me había abandonado la certeza de que quería estar cerca de ella, hablarle y convencerla. Pero ahora me sentía totalmente impotente. La distancia enorme que nos separaba me tenía atado de pies y manos. Me encerraba en casa, erraba por las habitaciones, leía una vez tras otra sus cartas y también las que me habían devuelto, me detenía sobre detalles que se me habían escapado con anterioridad y sonreía con amargura.

Así las cosas, se redujo mi interés por mis asuntos, y, en general, por mi persona, hasta el punto de casi desvanecerse. Dejé en manos de éste o aquél el vareo de los olivos, la recogida de las aceitunas, el traslado a la fábrica y la extracción del aceite. Aunque a veces me calzaba las botas e iba al campo, prefería andar por donde no viera un rostro humano, y regresaba a casa a medianoche, me tumbaba en el colchón y, tras unas horas de sueño, me despertaba a la mañana siguiente con la misma y dolorosa pregunta: «¿Para qué sigo vivo?»

Volví a la existencia vacía, carente de sentido u objetivos, previa a conocer a Maria Puder, aunque esta vez me resultó más penosa. Sin embargo, había una diferencia: la ignorancia que me había llevado entonces a creer que la vida consistía en eso había cedido lugar al tormento de haber comprendido que en este mundo se podía vivir de otra manera. Ya ni siquiera percibía lo que me rodeaba. Sentía que me era imposible disfrutar de nada.

Durante un tiempo, un tiempo muy breve, esa mujer me había liberado de mi habitual estado de incapacidad y apatía; me había enseñado que era un hombre, o, para ser exactos, un ser humano, que había cosas por las que valía la pena vivir y que yo también albergaba dentro, y que el mundo podía tener más sentido del que creía. Pero en cuanto perdí el contacto con ella, en cuanto desapareció su influjo, volví a caer en mi antiguo estado. Ahora comprendía cuánto la necesitaba. Yo no era de esas personas que pueden llevar adelante su vida ellas solas. Siempre necesitaría un apoyo como el suyo. Era imposible que viviera sin eso. Y, sin embargo, viví... Aunque ya sabemos cómo... Si a eso se le puede llamar vida, viví.

No volví a saber nada de Maria. En la carta que me envió la dueña de la pensión como respuesta a una mía, me comunicaba que Frau Van Tiedemann ya no vivía allí y que, por lo tanto, no podía proporcionarme la información que le pedía. ¿A quién más podía preguntar? Maria me había dicho por carta que, cuando su madre y ella volvieron de Praga, se habían mudado a una casa nueva, pero no me había dado las señas. Me causó bastante sorpresa comprobar la poca gente que había conocido en los casi dos años que había vivido en Alemania. No había ido a ningún otro lugar aparte de Berlín y me conocía la ciudad del derecho y del revés, incluso las callejuelas más escondidas. Había visitado todos los museos, las galerías de arte, el jardín botánico, el zoológico, los parques y los lagos. Y, a pesar de eso, sólo había hablado con unas pocas personas de los millones de habitantes que residen en la ciudad.

Quizá fuera suficiente. Probablemente a cada uno de nosotros le baste con una sola persona. Pero ¿y si no se tiene ni siquiera eso? ¿Qué queda cuando uno se da cuenta de que no ha sido más que una fantasía, un sueño engañoso, una quimera inalcanzable? Ahora era yo quien había perdido la capacidad de creer y la esperanza. En mi corazón afloraban una amargura y una desconfianza hacia el prójimo que a veces me asustaban. Consideraba un enemigo o, como mínimo, un ser nocivo a cualquiera con quien me relacionara. Con el paso de los años, esa sensación se agudizó en lugar de perder fuerza. La suspicacia que sentía hacia la gente aumentó hasta tornarse rencor. Huía de cualquiera que quisiera acercarse a mí y quienes más miedo me daban eran aquellos a quienes creía, o pensaba que podían llegar a ser, más cercanos a mí. «Si ella me había hecho eso...», me decía. Qué me había hecho, no lo sabía; y precisamente por eso mi imaginación se recreaba en las peores posibilidades y llegaba a las conclusiones más fatalistas. Por supuesto... La solución más fácil para no mantener una promesa fruto de la emoción de la despedida, era cortar la relación sin dar opción a réplica. No recoger las cartas de la oficina de correos. No responder. Y todo lo que uno creía que existía desaparecía en un instante. Quién sabía en qué nueva aventura se habría embarcado o a qué otra felicidad, más probable y sensata, estaría abrazando. Dejarlo todo y lanzarse a una vida incierta, a un destino desconocido, todo por mantener una palabra dada en cierto modo para ganarse la voluntad de un joven inocente, no era algo que pudiera admitir su inteligencia, que siempre había demostrado buen juicio.

Entonces, si racionalizaba la situación con tanta lucidez, ¿por qué era incapaz de aceptar los acontecimientos? ¿Por qué me asustaba tanto dar el primer paso por cualquier otro camino que me surgiera en la vida? ¿Por qué recelaba de cualquiera que se me acercara, como si viniera a hacerme algún mal? A veces conseguía olvidarme de mí mismo por un rato y descubría puntos en común con otras personas, pero enseguida me sobrevenía aquella idea aterradora que se había instalado en mi mente y que no tenía intención de abandonarla. «No lo olvides, no lo olvides, no lo olvides: ella era aún más afín a ti y mira lo que te hizo», me decía para devolverme a la realidad. Y en cuanto veía que alguien se me acercaba a un paso y me dejaba llevar por la esperanza, me repetía: «No, no, ella y yo estábamos unidos de verdad. No había distancia entre nosotros... Y ya ves cómo acabó.» No tener fe, no poder tenerla... Cada día, cada instante, sentía lo terrible que era. Todos los esfuerzos que hice para librarme de ese sentimiento fueron en vano... Me casé, y ese mismo día comprendí que mi esposa me era más ajena que nadie. Tengo dos hijas. Las he querido, pero a sabiendas de que nunca en la vida podrán darme lo que perdí.

Los negocios nunca me interesaron. Trabajé como un autómata, sin saber lo que hacía. Me habían engañado a conciencia, y con el tiempo encontré cierto placer en ello. Mis cuñados me tomaban por tonto y a mí no me importaba. Las deudas, los intereses de las deudas y los gastos de mi matrimonio se llevaron lo poco que me quedaba. Los olivares no valían nada. Quienes tenían dinero suficiente se habían acostumbrado a comprar por cuatro cuartos terrenos abandonados. Un árbol que diera siete u ocho liras de cosecha al año no encontraba comprador. Para sacarme de esa difícil situación y evitar que el patrimonio familiar se dispersara, mis cuñados pagaron mis deudas y me compraron los olivos. Sólo me quedaron la casa en ruinas de catorce habitaciones y unos cuantos muebles. El padre de mi mujer todavía vivía y era funcionario en Balıkesir; gracias a su mediación me convertí en oficinista en una empresa en la capital de la provincia. Estuve años allí. Según aumentaban mis cargas familiares, disminuía mi interés por la vida y desaparecía por completo el ánimo necesario para avivarlo. Mi suegro falleció y tuve que hacerme cargo de mi cuñada y el resto de mi familia política. Era imposible que todos viviéramos con las cuarenta liras que cobraba. Un pariente lejano de mi mujer me llevó a Ankara, al banco en el que trabajo ahora. A pesar de mi timidez, esperaba progresar pronto gracias a los idiomas. No fue así, en absoluto. Daba igual donde me encontrara, siempre estaba rodeado de gente a la que tanto le daba si yo existía o no. Por todas partes surgían oportunidades y algunas personas me infundieron un destello de esperanza y las ganas de volcar en ellas todo el amor que sabía que tenía en mi corazón, de empezar a vivir de nuevo, pero, por alguna razón, no podía librarme del recelo. En este mundo sólo había creído en una persona, hasta tal punto que, tras su engaño, no me quedaron fuerzas para creer en nadie más. No estaba enfadado con ella. Me era imposible enfadarme, estar ofendido, pensar mal de ella. Pero me había decepcionado de verdad. Y la decepción que sentía por culpa de la persona en quien más había confiado en la vida se repartió entre todos los demás, porque ella era para mí la representación del género humano al completo. Tiempo después, me di cuenta de que seguía ligado a ella a pesar del paso de los años transcurridos, y sentí una indignación enorme. Seguro que Maria me había olvidado hacía mucho. A saber con quién viviría ahora, con quién andaría. En casa, por las tardes y rodeado por la algarabía de las niñas, el arrastrar de las zapatillas de mi mujer, que fregaba en la cocina, el entrechocar de los platos y las discusiones de mi cuñada y su marido, cerraba los ojos y pasaba el rato imaginando dónde estaría Maria en aquel instante. Puede que hubiera encontrado alguna alma gemela y estuviera con ella paseando entre los árboles de hojas rojas en el jardín botánico o contemplando las obras inmortales de los grandes maestros de la pintura en alguna exposición en penumbra y con la luz del sol de poniente filtrándose por los ventanales. Una tarde, de regreso a casa, me pasé por el colmado para hacer unas compras. Justo cuando estaba saliendo, empezó a sonar la obertura del *Oberón*, de Weber, por la radio del soltero que tenía alquilada una habitación en la casa de enfrente. Poco faltó para que se me cayeran al suelo los paquetes que cargaba. Era una de las pocas óperas a las que habíamos ido juntos y sabía que Maria le tenía un cariño especial a Weber; por la calle, iba siempre silbando la obertura. Sentí una nostalgia tan vívida como si nos hubiéramos separado el día anterior. Con el tiempo se olvida el dolor por la pérdida de objetos valiosos, de fortuna, de cualquier tipo de felicidad mundana. Lo único que nunca nos abandona son las oportunidades perdidas, y cada vez que se recuerdan, nos hacen sufrir. Tal vez sea así porque evidencian que nuestra vida podría haber sido diferente. Por lo demás, el ser humano siempre está dispuesto a aceptar aquello a lo que considera que está predestinado.

Ni mi mujer, ni mis hijas, ni el resto de la familia mostraban demasiado interés por mí, y yo sabía que tampoco lo merecía. La sensación de estar de más, de no servir para nada, que había notado por primera vez aquel día de Año Nuevo en Berlín se había instalado para siempre en mi corazón. ¿Qué significaba yo para aquella gente? ¿Me aguantaban sólo por los cuatro cuartos que llevaba a casa? Lo que une a las personas no debería ser el dinero o el sustento económico, sino el cariño mutuo, generoso y desinteresado. Si no lo había, a tener una familia debería llamársele en realidad «alimentar a unos extraños». Sólo deseaba que aquella situación se acabara lo antes posible y que llegara de una vez el momento en que ya no dependieran de mí. Poco a poco mi vida entera se convirtió en una espera melancólica de ese día lejano. Era como un preso aguardando cumplir su sentencia. Los días sólo tenían valor en la medida en que me aproximaban a ese final. Vivía como una planta, sin quejarme, sin conciencia, sin voluntad. Con el tiempo se me fueron embotando los sentimientos. Nada me afectaba, nada me alegraba.

Tampoco podía enfadarme con nadie cuando había sido la mejor persona, la más apreciada, la que más había querido, la que me había infligido el dolor más grande. ¿Qué podía esperar entonces de los demás? Ya no me era posible amar a nadie o acercarme a alguien de nuevo, porque me había engañado aquella en quien más confiaba, a quien más creía. ¿Qué garantías podían darme los demás?

Pensaba que así pasarían los años, llegaría el día que tanto anhelaba y todo terminaría. No tenía mayores pretensiones. La vida me había hecho una jugarreta. Muy bien, pues; nadie tenía la culpa: ni yo, ni nadie más; aceptaba los hechos tal como eran y me resignaba en silencio. Pero tampoco tenía por qué durar tanto. Estaba hastiado, simplemente hastiado. No tenía más queja que ésa.

Hasta que un día... O sea, hasta ayer. Era sábado y había llegado a casa a mediodía. Ya me había cambiado de ropa, pero mi mujer me dijo que tenía que ir a comprar algunas cosas: «Mañana las tiendas están cerradas, ¡va, haz un esfuerzo y acércate otra vez al mercado!» Me vestí de mala gana y fui andando hasta el mercado de abastos. Hacía bastante calor. Por la calle había mucha gente que paseaba en busca de un poco de aire fresco vespertino para lidiar con el ambiente polvoriento de esos días. Cuando terminé las compras, me marché con los paquetes bajo el brazo. Quería regresar a casa, no por las callejuelas retorcidas de siempre, sino por el camino de asfalto, aunque fuera a costa de dar más vuelta. Un reloj enorme que se balanceaba delante de una de las tiendas marcaba las seis. De repente noté que me agarraban del brazo.

—¡Herr Raif! —me gritó prácticamente al oído una voz femenina.

El tratamiento alemán me sorprendió y asustó al mismo tiempo y estuve a punto de dar un tirón y salir corriendo, pero la mujer me tenía cogido con fuerza.

—No, no me equivoco, ¡de verdad es Herr Raif! Dios mío, ¡cómo ha cambiado! —dijo a voz en grito, y los paseantes nos miraron.

Levanté despacio la cabeza. Antes de verle la cara había comprendido de quién se trataba por el tamaño de su cuerpo. Su voz tampoco había cambiado nada.

—Ah, Frau Van Tiedemann, ¿quién habría pensado que la vería en Ankara?

—No, ya no soy Frau Van Tiedemann. Sólo Frau Döppke. Sacrifiqué el «Van» por un marido, pero ¡no me ha ido mal!

—Enhorabuena... O sea, que...

—Sí, sí, tal como supone. Nos fuimos de la pensión poco después de que usted regresara. Juntos, por supuesto. Nos marchamos a Praga.

Algo se me rasgó por dentro en cuanto mencionó la ciudad. Ya no había forma de esquivar el pensamiento que me rondaba la cabeza. Pero ¿a cuento de qué iba a preguntarle? Ella no sabía nada de mi relación con Maria. ¿Cómo interpretaría mi pregunta? Y querría saber de qué la conocía... Además, lo que podría contarme... ¿No sería mejor no saber nada? ¿Para qué preguntar después de tanto tiempo, diez años, si no más?

Me di cuenta de que seguíamos parados en medio de la calle.

—Vamos a sentarnos en algún sitio —dije—. Tenemos tanto que contarnos... ¡Todavía no me creo que esté en Ankara!

—Sí, estaría bien que nos sentáramos, pero no falta mucho para que salga nuestro tren, tenemos menos de una hora. No quiero que lo perdamos. De haber sabido que estaba en Ankara lo habría llamado, seguro. Llegamos anoche y nos vamos esta tarde.

Sólo ahora veía que con ella había una niña de unos ocho o nueve años, paliducha, silenciosa. Sonreí.

—¿Es hija suya?

—No. ¡Familia! Mi hijo está acabando Derecho.

—¿Sigue usted aconsejándole libros?

Al principio no se acordaba, pero luego se echó a reír.

—Sí, es verdad, pero ya no hace caso de mis consejos. Entonces era muy pequeño. Tenía unos doce años. Ay, Dios, qué rápido pasa el tiempo.

—Sí. Pero usted está igual.

—Usted también.

Recordé que hacía un momento había sido algo más franca, pero no dije nada.

Seguimos andando calle abajo. No sabía por dónde empezar ni cómo preguntarle todo lo que quería saber sobre Maria Puder. No hacía más que dar rodeos con temas banales que no me interesaban.

—¡Todavía no me ha dicho por qué ha venido a Ankara!

—Ah, sí, mire, se lo voy a explicar. En realidad, no hemos venido a Ankara, pasábamos por aquí. Y, aprovechando la ocasión, decidimos dar una vuelta.

Consintió en sentarse cinco minutos en un puesto de limonada y allí continuó con su historia:

—Mi marido ahora está en Bagdad. Como sabe, es comerciante colonial.

—Pero Bagdad no es colonia de Alemania.

—Lo sé, querido, pero mi marido se ha especializado en productos de los países cálidos. En Bagdad adquiere dátiles.

—¿También comerciaba con dátiles en Camerún?

Me miró a la cara como queriendo decir: «¡No sea impertinente!»

—No lo sé. ¡Escríbale y pregúnteselo! ¡No deja que las mujeres se metan en sus negocios!

—Y ahora, ¿adónde va?

—A Berlín. De visita a nuestra tierra y... —Me señaló a la niña pálida, sentada a su lado—. Y por esta niña. Ha pasado el invierno con nosotros porque estaba un poco débil. Ahora la llevo de vuelta.

—Así que va y viene a menudo a Berlín.

—Dos veces al año.

—Parece que a Herr Döppke le van bien los negocios.

Se echó a reír con coquetería.

Continuaba siendo incapaz de preguntarle lo que ansiaba saber. Me di cuenta de que todas mis dudas se debían, no a que no supiera cómo preguntárselo, sino a la aprensión que me provocaba la respuesta. Pero ¿no me daba todo igual? Dentro de mí no quedaba ni un solo sentimiento vivo. ¿De qué tenía miedo? Maria se habría buscado un Herr Döppke a su medida. O puede que todavía estuviera soltera y fuera pasando de brazo en brazo en busca de un hombre «de confianza». Probablemente habría olvidado incluso los rasgos de mi cara.

Cuando lo medité caí en la cuenta de que yo tampoco recordaba la suya y, por primera vez desde hacía diez años, reparé en que ni yo tenía una fotografía suya ni ella una mía. Me quedé atónito. ¿Cómo era posible que no lo pensáramos cuando nos separamos? Digamos que supusimos que nos volveríamos a ver muy pronto y confiamos en nuestra memoria, pero ¿podía ser que no lo hubiera advertido hasta ahora? ¿No sentía la necesidad de poner su cara ante mis ojos?

Recordé que en los primeros meses guardaba en mi memoria cada línea de su rostro y que en cualquier momento podía evocarlo sin el menor esfuerzo. Luego... Cuando comprendí que todo había terminado, evité a toda costa ver o imaginar aquella cara. Sabía que no lo soportaría. Su cara, la cara de la «Madona con abrigo de piel», era lo bastante poderosa y conmovedora como para hacerme perder la calma, aunque tan sólo la reviviera en mi imaginación.

Ahora, sin embargo, cuando por fin estaba seguro de que los viejos tiempos y sus recuerdos no despertarían en mí emoción alguna, había querido acudir a ella una vez más, había buscado su cara y no la había encontrado. Y ni siquiera tenía una fotografía.

¿Qué falta hacía?

Frau Döppke miró entonces la hora y se puso en pie. La acompañé a la estación.

Le habían gustado bastante Ankara y Turquía.

—Nunca había visto un país en que se respetara tanto a los extranjeros —decía—. Ni siquiera Suiza es así, aunque debe su prosperidad a los emigrantes. La gente mira a los extranjeros como si hubieran entrado por la fuerza en sus casas. Sin embargo, en Turquía es como si todo el mundo estuviera esperando la oportunidad de ponérselo fácil a cualquier forastero. ¡Y Ankara me encanta!

La buena señora no paraba de hablar. La niña iba cinco o seis pasos por delante, toqueteando los árboles al margen del camino. Cuando ya estábamos bastante cerca de la estación, con decisión, y al mismo tiempo intentando mostrar indiferencia, tomé la palabra:

—¿Tiene usted mucha familia en Berlín?

—No, no mucha. En realidad soy de Praga, una alemana de Checoslovaquia, por así decirlo. Y mi primer marido era holandés. ¿Por qué lo pregunta?

—Cuando estuve allí conocí a una mujer que decía ser pariente suya.

—¿Dónde?

—En Berlín. La conocí por casualidad en una exposición. Creo que era pintora.

De repente parecía más interesada.

—Bien, ¿y qué más?

—Pues, no sé... —vacilé—. Hablamos como mucho una vez. Tenía un cuadro muy bonito. Y por ese motivo...

—¿Se acuerda de su nombre?

—Creo que Puder o algo así... Claro, ¡Maria Puder! El cuadro tenía su firma. Y lo ponía en el catálogo.

No me contestaba. Traté de serenarme.

—¿La conoce? —le pregunté.

—Sí. ¿Cómo es que le contó que éramos familia?

—No sé. Probablemente le mencioné la pensión y ella me dijo que allí se hospedaba una pariente suya. O quizá fuera de otra manera... Ahora no me acuerdo, claro. ¡Han pasado diez años!

—Sí. No es poco tiempo. Su madre me contó que había hecho amistad con un turco y que se pasaba el día hablando de él; sentía curiosidad por saber si era usted. Pero la madre nunca llegó a ver, ni una sola vez, al turco al que tanto apreciaba su hija. ¿No le parece raro? Ese año se había ido a Praga y allí fue donde su hija le explicó que el estudiante turco se había marchado de Berlín.

Habíamos llegado a la estación. Frau Döppke se encaminó directamente al tren. Me preocupaba que si cambiábamos de tema no volviéramos a tratarlo y quedarme, por tanto, sin saber lo que en realidad me interesaba. Por eso la miré a los ojos con gran interés como si esperara que continuara.

Después de despedir al botones del hotel, que había colocado el equipaje en el vagón, Frau Döppke se volvió hacia mí.

—¿Por qué me lo pregunta? ¿No decía que apenas conocía a Maria?

—Sí, pero me impresionó bastante. El cuadro me gustó mucho...

—Era muy buena pintora.

Una inquietud surgió de repente dentro de mí, algo cuya naturaleza no acerté a comprender.

—¿Ha dicho «era»? ¿Ya no lo es? —pregunté.

Ella miró a su alrededor buscando a la niña, vio que se había metido en el vagón y estaba sentada y entonces inclinó la cabeza hacia mí.

—Claro que no —dijo—, porque falleció.

—¿Qué?

Oí cómo la palabra me salía de la boca convertida en una especie de silbido. La gente que había a nuestro alrededor se volvió a mirar y la niña asomó la cabeza por la ventanilla del compartimento y me miró de arriba abajo, asombrada.

Frau Döppke me observaba con mucha atención.

—¿Por qué le sorprende tanto? Se ha quedado pálido. ¿No había dicho que la conocía muy poco?

—Como sea, no me pensaba que estuviera muerta.

—Sí, pero no es algo reciente. Hace diez años.

—¿Diez años? No es posible...

Me miró de arriba abajo una vez más y me llevó a un lado.

—Veo que le ha afectado la muerte de Maria Puder. Se lo contaré rápidamente. Unas dos semanas después de que usted dejara la pensión para regresar a Turquía, Herr Döppke y yo nos marchamos juntos a la granja que unos parientes tienen en los alrededores de Praga. Allí coincidimos con Maria y su madre. Yo no me llevaba demasiado bien con esta última, pero tampoco llegamos a discutir. Maria estaba muy delgada y tenía mal aspecto, decía que en Berlín había estado muy enferma. Después de un tiempo regresaron a Alemania. La chica se había recuperado bastante. Nosotros también nos marchamos, en nuestro caso a Prusia Oriental, de donde es mi marido. Cuando volvimos a Berlín en invierno, oímos que Maria Puder había muerto a principios de octubre. Por supuesto, dejé a un lado la antipatía que sentía por su madre y fui a verla de inmediato. Estaba destrozada y, aunque debía de rondar los cuarenta y cinco o cuarenta y seis años, parecía una mujer de sesenta. Por lo que nos contó, Maria se había notado ciertos cambios después de dejar Praga, fue al médico y descubrió que estaba embarazada. De entrada se puso muy contenta, pero, a pesar de la insistencia de su madre, no confesó quién era el padre. Siempre le decía: «¡Ya te enterarás!», y mencionaba un viaje que haría pronto. En la recta final del embarazo su salud empezó a resentirse. Los médicos consideraron que no podría soportar el parto y quisieron intervenir a pesar de lo avanzado de su estado. Pero Maria se negaba a que tocaran al niño. Al poco tiempo empeoró y hubo que hospitalizarla. Al parecer tenía la albúmina alta. Y la enfermedad anterior le había dejado el cuerpo débil. Antes del parto perdió el conocimiento varias veces. Los médicos intervinieron, sacaron a la niña y consiguieron que sobreviviera; a pesar de todo, Maria siguió sufriendo ataques y, una semana más tarde, murió después de entrar en coma. No llegó a decir nada. No podía imaginarse que iba a morir. Incluso en sus últimos minutos de consciencia seguía diciéndole a su madre cosas incomprensibles como «Te vas a llevar una sorpresa cuando lo sepas, pero luego tú también estarás muy contenta», y no hubo manera de que revelara el nombre del padre. La madre recordaba que antes de ir a Praga su hija le había hablado con frecuencia de un turco, pero ni lo había visto ni sabía cómo se llamaba. La niña pasó entre hospitales y hospicios sus primeros cuatro años y luego su abuela se la llevó con ella. Es una niña un poco flaca y callada, pero adorable. ¿No le parece a usted?

Sentí una debilidad repentina, como si acaso fuera a caerme al suelo allí mismo. La cabeza me daba vueltas, pero aun así permanecía muy derecho y sonreía.

—¿Es esa niña? —dije, señalando con la cabeza la ventanilla del vagón.

—Sí. Es mona, ¿verdad? ¡Es tan buena y tan calladita! ¡Debe de tener tantas ganas de ver a su abuela!

Hablaba sin dejar de mirarme a la cara. En sus ojos había un brillo que casi me atrevería a llamar hostil.

El tren estaba a punto de salir. Frau Döppke saltó al vagón.

Poco después ambas se asomaron a la ventanilla. La niña contemplaba la estación, y de vez en cuando a mí, con una sonrisa indiferente. La avezada y fornida Frau Döppke no me dejaba escapar del cerco de su mirada.

El tren se puso en marcha. Me despedí de ellas con la mano. Me di cuenta de que Frau Döppke me sonreía con malicia.

La niña se había ido...

Todo eso sucedió ayer por la tarde. En el momento en que escribo estas líneas han pasado poco más de veinticuatro horas.

• • •

Anoche no pude dormir ni un segundo. Echado boca arriba en la cama, no dejé de pensar en la niña del tren. Me parecía estar viendo su cabeza moviéndose con el traqueteo del vagón. Una cabeza infantil con mucho pelo... No recordaba el color de sus ojos ni el de su cabello, tampoco su nombre. No le había prestado atención. Aunque estaba a mi lado, un paso más allá, no la miré ni una sola vez a la cara con algo de curiosidad. Ni siquiera le estreché la mano cuando nos separamos. Nada, Dios mío, no sabía que era mi hija. Frau Döppke seguro que había intuido muchas cosas. ¿Por qué me había mirado de esa forma tan aviesa? Probablemente se había imaginado algo... Y había cogido a la niña y se la había llevado. Ahora estarán de camino, mientras la cabeza de mi hija, que estará dormida, se balancea ligeramente cuando las ruedas saltan de un raíl a otro.

Pensaba en eso sin cesar. Pero al final no pude soportarlo más y la imagen que pretendía mantener alejada de mi mente, poco a poco y en silencio, se colocó frente a mis ojos: Maria Puder, mi «Madona con abrigo de piel», estaba ante mí con aquella sutil arruga en la comisura de los labios y la mirada profunda de sus ojos negros. En su rostro no había resentimiento ni reproches. Me miraba con algo de sorpresa quizá, pero sobre todo con interés y cariño. Sin embargo, yo no tenía el valor de responder a su mirada. Durante diez años, diez años justos, había estado enfadado con una muerta, había considerado culpable a una muerta de todo el rencor de mi alma miserable. ¿Era posible hacerle mayor agravio a su recuerdo? Durante diez años había sospechado sin albergar la menor duda, sin pen-

217

sar que podía estar siendo injusto, de la que era el pilar, el fin y la razón de mi vida. Me había imaginado lo más impensable de ella y ni por un momento me paré a pensar y a decirme que quizá habría una razón para que hiciera todo aquello y me abandonara. Y, sin embargo, se trataba de la mayor de ellas, la única insuperable, la muerte. La vergüenza iba a volverme loco. Me retorcía entre la tristeza que sentía por su muerte y unos remordimientos que no servían para nada. Sospechaba que aunque me pasara de rodillas el resto de mi vida, tratando de expiar el crimen que había cometido contra su recuerdo, no lo conseguiría y nunca me perdonaría haberle echado a la más inocente de las criaturas la culpa del mayor de los delitos: la traición de abandonar a su suerte a un corazón que continúa amando.

Y yo que hacía apenas unas horas creía que no podría recordar su cara porque no tenía una fotografía...

Sin embargo, ahora la veía con mayor intensidad, con más detalle que cuando vivía. Como en el cuadro, parecía un poco melancólica y un tanto arrogante. Tenía la tez más pálida y los ojos más negros. El labio inferior sobresalía ligeramente y su boca se disponía a decir: «¡Ah, Raif!» Estaba más viva que nunca... ¡Así que hacía diez años que había muerto! Había muerto mientras la esperaba, mientras preparaba la casa para recibirla. Había muerto sin decir nada a nadie, para no hacerme sufrir con imposibles, para no angustiarme, y se había llevado con ella su secreto.

Ahora entendía el verdadero motivo de la rabia que sentía por ella desde hacía diez años, de por qué me refugiaba de mi entorno tras una muralla inexpugnable: llevaba diez años queriéndola con un amor que no había disminuido. No había permitido que nadie entrara en mí aparte de ella. Pero ahora la amaba más que nunca. Alargué los brazos hacia la imagen que tenía ante mí; me habría gustado coger sus manos entre las mías y calentárselas. Ante mis ojos se desplegaron de forma vívida los momentos que había pasado junto a ella, aquellos cuatro o cinco meses. Recordaba cada instante, cada palabra que habíamos intercambiado. Lo vivía todo de nuevo, empezando por el día en que vi su retrato en la exposición, cuando escuché su canción en el Atlantik, cómo se me acercó, los paseos por el jardín botánico, la manera en que nos sentábamos frente a frente en su habitación, su enfermedad. Recuerdos tan abundantes como para llenar una vida entera y que, encajados en un lapso tan breve, eran más vívidos, más penetrantes. Me demostraban que desde hacía diez años no había vivido ni siquiera un instante, que todos mis actos, pensamientos y sentimientos me eran ajenos, como si pertenecieran a un desconocido, a alguien que no tuviera nada que ver conmigo. Mi verdadero yo sólo había existido durante meses a lo largo de una vida, que se acercaba a los treinta y cinco años, y luego se había quedado enterrado en las profundidades de una identidad sin sentido que no tenía relación conmigo.

Anoche, mientras estaba en la cama frente a Maria, comprendí que a partir de ahora me va a resultar más difícil cargar con este cuerpo y esta mentalidad con los que no tengo vínculo alguno. Los alimentaré como quien da de comer a un forastero, los arrastraré de aquí para allá y los contemplaré siempre con compasión y desprecio. Anoche también comprendí que después de que ella saliera de mi vida, todo había perdido su razón de ser y que yo había muerto con ella, si no antes.

Toda la familia ha salido hoy de excursión bien temprano. Yo me he quedado en casa con el pretexto de que no me encontraba bien. Estoy escribiendo desde esta mañana. Ha empezado a oscurecer. Todavía no han vuelto. No obstante, enseguida llegarán entre risas y gritos. ¿Qué tengo yo que ver con ellos? Los lazos familiares que nos unen, ¿qué significan si entre nuestras almas no hay ningún tipo de vínculo? Llevo años sin decir una palabra a nadie. Y, sin embargo, ahora ¡qué necesidad tengo de hablar! Forzarme a reprimirlo, ¿qué es sino que te entierren en vida? Ay, Maria, ¿por qué no puedo sentarme contigo al lado de la ventana para charlar? ¿Por qué no podemos caminar juntos en silencio una tarde de la brisa otoñal, oyendo cómo hablan nuestras almas? ¿Por qué no estás conmigo?

He sido injusto al huir, quizá para nada, de todo el mundo desde hace diez años, al no confiar en los demás. Si hubiera buscado, tal vez habría encontrado a alguien como tú. De haberlo sabido todo en su momento, puede que lo hubiera aceptado con el tiempo e incluso que me hubiera atrevido a buscarte en otras mujeres. Pero ahora todo ha terminado. Después de haber cometido contigo la gran injusticia, la más imperdonable, ya no hay nada que arreglar. Le eché la culpa a la humanidad entera basándome en un juicio erróneo sobre ti; me alejé de ellos. Hoy comprendo la realidad, pero me veo obligado a condenarme a una soledad eterna. La vida es una partida que sólo se juega una vez y yo he perdido. No puedo jugar una segunda... Para mí ahora empezará una vida aún peor que la de antes. Seguiré yendo a comprar por las tardes como un autómata. Veré a gente, que no me interesará lo más mínimo, aunque escucharé lo que dice. ¿Podría haber sido mi vida diferente? No creo. Si el azar no te hubiera puesto en mi camino, habría seguido viviendo del mismo modo, aunque sin enterarme de nada. Tú me enseñaste que en este mundo se podía vivir de otra manera y que yo también tenía un alma. Y no es culpa tuya que todo acabara tan pronto. Te doy las gracias por los pocos meses en que me ofreciste la ocasión de vivir de verdad. Esos pocos meses, ¿no valen varias vidas? Y la niña que dejaste atrás como una parte de tu cuerpo, nuestra hija, andará por tierras lejanas sin saber que tiene un padre... Nuestros caminos se han cruzado una vez, pero no sé nada sobre ella. Ni cómo se llama, ni dónde está. A pesar de todo, siempre seguiré sus pasos con la imaginación. Me inventaré una vida para ella y caminaré a su lado. Intentaré llenar la soledad de los próximos años imaginando cómo crece, cómo va al colegio, cómo ríe y cómo piensa. Hay ruido fuera. Probablemente ha vuelto mi familia. Me gustaría no dejar de escribir nunca. Pero ¿para qué? Todo lo que he escrito, ¿y qué? Tendré que esconder este cuaderno y comprarle otro mañana a Neclâ. Tengo que esconderlo todo donde no puedan encontrarlo; todo, especialmente mi alma...

Así terminaba el cuaderno de Raif Efendi. En el resto de las páginas no había más notas, nada escrito. Era como si, por una única vez, hubiera abierto su alma, que con tanto temor ocultaba, la hubiera volcado en las hojas de este cuaderno y luego hubiera vuelto a encerrarse en sí mismo para guardar silencio durante años.

Amanecía. Con la intención de cumplir mi promesa, me guardé el cuaderno en el bolsillo y me encaminé a casa del enfermo. El nerviosismo que se respiraba cuando me abrieron la puerta y los llantos que llegaban desde el interior de la casa fueron lo bastante elocuentes. Durante un instante me quedé dudando, indeciso. No quería irme sin ver una última vez a Raif Efendi. No obstante, creí que no sería capaz de soportar verlo convertido de repente en un bulto sin vida. No a aquel hombre con quien me había pasado la noche entera, contemplando los momentos más significativos de su existencia, viviéndolos con él en realidad. Así que salí muy despacio y me marché. La muerte de Raif Efendi no me afligió demasiado, porque dentro de mí tenía la sensación de que no lo había perdido, sino todo lo contrario: de que ahora de verdad lo había encontrado.

En mi última visita me había dicho: «Nunca hemos podido charlar largo y tendido.» Pero yo ya no lo veo así, porque anoche estuvimos hablando largamente.

Al mismo tiempo que dejaba este mundo, él entraba en mi existencia de una forma mucho más vívida de lo que jamás lo ha hecho nadie. A partir de ahora siempre estará a mi lado.

Una vez en la oficina me senté a la mesa vacía de Raif Efendi, abrí el cuaderno de tapas negras y empecé a leer de nuevo.

Noviembre de 1940 – Febrero de 1941